馔

人间词话

王国维 著

"学而书馆"编辑组 编译

中国友谊出版公司

图书在版编目（CIP）数据

人间词话 /"学而书馆"编辑组编译 . — 北京：中国友谊出版公司，2014.5（2020.5重印）

ISBN 978-7-5057-3333-6

Ⅰ . ①人… Ⅱ . ①学… Ⅲ . ①词（文学）—诗词研究—中国—古代 Ⅳ . ① I207.23

中国版本图书馆CIP数据核字（2014）第058257号

书名	人间词话
作者	王国维
编译	"学而书馆"编辑组
出版	中国友谊出版公司
发行	中国友谊出版公司
经销	新华书店
印刷	唐山富达印务有限公司
规格	640×960毫米　16开 11.25印张　122千字
版次	2014年6月第1版
印次	2020年5月第4次印刷
书号	ISBN 978-7-5057-3333-6
定价	39.80元
地址	北京市朝阳区西坝河南里17号楼
邮编	100028
电话	（010）64678009

版权所有，翻版必究
如发现印装质量问题，可联系调换
电话　（010）59799930-601

目录

001　　人间词话

063　　人间词话·未刊稿

113　　人间词话·删稿

129　　附录

人间词话

一

词以境界①为最上。有境界,则自成高格②,自有名句。五代北宋之词所以独绝者在此。

[注释]

① 境界:原指疆界、疆域,此处借用佛经中的概念,指"自家势力所及之境土",即人的感受能力之所及,或精神上所能达到的境地。文艺作品中的境界指情、景和事物交融所形成的艺术高度。

② 高格:作品的品第、等级高,或取意高妙,或格调高雅。

[译文]

填词以创造境界为最高准则。具有境界自然成就高格,自然产生名句。五代、北宋时期的词之所以绝妙无双正在于此。

二

有造境,有写境,此理想与写实二派之所由分。然二者颇难分别。因大诗人所造之境,必合乎自然①,所写之境,亦必邻于理想故也。

[注释]

① 自然:此指客观世界,即兼指现实人生和自然界。下同。

[译文]

诗词中有"造境",有"写境",这是理想和写实两派的区别。然而这两派很难分辨。这是因为大诗人所创造的境界，一定会和自然吻合；所描写的境界，也一定接近理想的缘故。

三

有有我之境，有无我之境。"泪眼问花花不语，乱红飞过秋千去。"① "可堪孤馆闭春寒，杜鹃声里斜阳暮。"② 有我之境也。"采菊东篱下，悠然见南山。"③ "寒波澹澹起，白鸟悠悠下。"④ 无我之境也。有我之境，以我观物，故物皆著我之色彩。无我之境，以物观物，故不知何者为我，何者为物。古人为词，写有我之境者为多，然未始不能写无我之境，此在豪杰之士⑤能自树立耳。

[注释]

① 北宋欧阳修《蝶恋花》(一作冯延巳《鹊踏枝》)："庭院深深深几许？杨柳堆烟，帘幕无重数。玉勒雕鞍游冶处，楼高不见章台路。　雨横风狂三月暮，门掩黄昏，无计留春住。泪眼问花花不语，乱红飞过秋千去。"

② 北宋秦观《踏莎行》："雾失楼台，月迷津渡，桃源望断无寻处。可堪孤馆闭春寒，杜鹃声里斜阳暮。　驿寄梅花，鱼传尺素，砌成此恨无重数。郴江幸自绕郴山，为谁流下潇湘去？"

③ 东晋陶潜《饮酒》第五首："结庐在人境，而无车马喧。

问君何能尔,心远地自偏。采菊东篱下,悠然见南山。山气日夕佳,飞鸟相与还。此中有真意,欲辨已忘言。"

④ 金代元好问《颍亭留别》:"故人重分携,临流驻归驾。乾坤展清眺,万景若相借。北风三日雪,太素秉元化。九山郁峥嵘,了不受陵跨。寒波澹澹起,白鸟悠悠下。怀归人自急,物态本闲暇。壶觞负吟啸,尘土足悲咤。回首亭中人,平林澹如画。"

⑤ 豪杰之士:这里专指文学上不拘一格的大家。

[译文]

诗词中有"有我之境",有"无我之境"。"泪眼问花花不语,乱红飞过秋千去。""可堪孤馆闭春寒,杜鹃声里斜阳暮。"这就是"有我之境"。"采菊东篱下,悠然见南山。""寒波澹澹起,白鸟悠悠下。"这就是"无我之境"。"有我之境",是站在作者的角度观察外物,所以外物都染上了作者的主观感情色彩。"无我之境",是作者尽可能客观地描写外物,所以不容易看出哪些地方有作者的感情,哪些地方是客观写物。古人填词,写出"有我之境"的情况比较多,然而未尝不能写出"无我之境",这全在于杰出的词人敢于独树一帜。

四

无我之境,人惟于静中得之。有我之境,于由动之①静时得之。故一优美,一宏壮也。

[注释]

① 之：到，去。

[译文]

"无我之境"，诗人只有在静思中才能写出。"有我之境"，诗人在由被外物感动到归于静思时才能写出。所以前一种境界优雅美丽，后一种境界宏伟壮观。

五

自然中之物，互相关系，互相限制。然其写之于文学及美术①中也，必遗其关系、限制之处。故虽写实家，亦理想家也。又虽如何虚构之境，其材料必求之于自然，而其构造亦必从自然之法律。故虽理想家亦写实家也。

[注释]

① 美术：指艺术。

[译文]

自然界中的事物，既互相联系，又互相制约。然而如果把它们反映在文学和艺术作品之中，就一定要摆脱它们互相联系、互相制约的因素。所以即使是注重写实的作家，也会是表达理想的作家。另外，即使是如何虚构的情景，组成情景的那些材料也必然来自于自然；它们之间的构成关系，也必然遵循自然的规则。所以即使是注重表现理想的作家，也会是表现现实的作家。

六

境非独谓景物也。喜怒哀乐，亦人心中之一境界。故能写真景物、真感情者，谓之有境界。否则谓之无境界。

[译文]

境界并非单单指景物。喜、怒、哀、乐，也是人心中的一种境界。所以能够写出形象生动的景物，写出真挚的感情，就可以称作有境界，否则就称作没有境界。

七

"红杏枝头春意闹"①，著一"闹"字而境界全出。"云破月来花弄影"②，著一"弄"字而境界全出矣。

[注释]

① 北宋宋祁《玉楼春·春景》："东城渐觉风光好，縠皱波纹迎客棹。绿杨烟外晓寒轻，红杏枝头春意闹。　浮生长恨欢娱少，肯爱千金轻一笑。为君持酒劝斜阳，且向花间留晚照。"

② 北宋张先《天仙子》（时为嘉禾小倅，以病眠，不赴府会）："水调数声持酒听，午醉醒来愁未醒。送春春去几时回？临晚镜，伤流景，往事后期空记省。　沙上并禽池上暝，云破月来花弄影。重重帘幕密遮灯，风不定，人初静，明日落红应满径。"

[译文]

"红杏枝头春意闹"一句,用一个"闹"字,境界完全显现。"云破月来花弄影"一句,用一个"弄"字,境界完全显现。

八

境界有大小,不以是而分优劣。"细雨鱼儿出,微风燕子斜"①,何遽不若"落日照大旗,马鸣风萧萧"②?"宝帘闲挂小银钩"③,何遽不若"雾失楼台,月迷津渡"④也?

[注释]

① 唐代杜甫《水槛遣心二首》其一:"去郭轩楹敞,无村眺望赊。澄江平少岸,幽树晚多花。细雨鱼儿出,微风燕子斜。城中十万户,此地两三家。"

② 唐代杜甫《后出塞五首》其二:"朝进东门营,暮上河阳桥。落日照大旗,马鸣风萧萧。平沙列万幕,部伍各见招。中天悬明月,令严夜寂寥。悲笳数声动,壮士惨不骄。借问大将谁,恐是霍嫖姚。"

注释①两句写景细微,注释②两句写景阔大,但同样都是有境界的好诗。

③ 北宋秦观《浣溪沙》:"漠漠轻寒上小楼,晓阴无赖似穷秋,淡烟流水画屏幽。 自在飞花轻似梦,无边丝雨细如愁,宝帘闲挂小银钩。"

④ 秦观《踏莎行》,全词见第4页注②。秦观的词写景有

大有小,但也同样都是有境界的好词。

[译文]

境界有大有小,但是却不以此来区分高下优劣。"细雨鱼儿出,微风燕子斜"为什么就不如"落日照大旗,马鸣风萧萧"的境界呢?"宝帘闲挂小银钩"为什么就不如"雾失楼台,月迷津渡"呢?

九

严沧浪①《诗话》谓:"盛唐诸公,惟在兴趣。羚羊挂角②,无迹可求。故其妙处,透彻玲珑,不可凑拍③。如空中之音、相中之色、水中之影、镜中之象,言有尽而意无穷。"④余谓:北宋以前之词,亦复如是。然沧浪所谓兴趣、阮亭⑤所谓神韵,犹不过道其面目,不若鄙人拈出"境界"二字,为探其本也。

[注释]

① 严沧浪:严羽,字仪卿,一字丹邱,号沧浪逋客,邵武(今属福建)人。南宋诗人,诗论家,著有《沧浪集》《沧浪诗话》等。

② 羚羊挂角:传说羚羊夜宿时把角挂在树上,脚不沾地,使猎人无迹可寻。后禅宗借此比喻有待悟解,不能拘泥求之于言语文字。

③ 凑拍:应为"凑泊",凝合,聚结。

④ 严羽《沧浪诗话·诗辨》:"夫诗有别材,非关书也;诗有别趣,非关理也。然非多读书,多穷理,则不能极其至。所谓不涉理路,不落言筌者,上也。诗者,吟咏情性也。盛唐诸人,惟在兴趣,羚羊挂角,无迹可求。故其妙处,透彻玲珑,不可凑泊,如空中之音,相中之色,水中之月,镜中之象,言有尽而意无穷。"

⑤ 阮亭:王士禛,字子真,一字贻上,号阮亭,别号渔洋山人。山东新城(今桓台)人。清初诗人、诗论家。其论诗以神韵为宗,著有《带经堂集》《衍波词》《池北偶谈》等。

[译文]

严羽在《沧浪诗话》中说:"盛唐的杰出诗人,写诗只重视兴象趣味,好像羚羊挂角,无迹可寻。所以其诗作的妙处在于写情透彻深入,写景精美空灵,只凭词藻的堆砌是无法达到的。如同空中之音、相中之色、水中之月、镜中之像,语言表达有尽头而其中的韵味却令人品味不尽。"我认为北宋以前的词也是如此。然而严沧浪所说的"兴趣"、王阮亭所说的"神韵",只不过说出了表面现象,不如我总结出的"境界"二字,可探求到作词的根本。

一〇

太白纯以气象胜。"西风残照,汉家陵阙"①,寥寥八字,遂关千古登临之口。后世唯范文正之《渔家傲》②、夏英公之《喜迁莺》③,差足继武④,然气象已不逮矣。

[注释]

① 太白：李白，字太白，号青莲居士。祖籍陇西成纪（今甘肃秦安东）。唐代诗人。《忆秦娥》："箫声咽，秦娥梦断秦楼月。秦楼月，年年柳色，灞陵伤别。　乐游原上清秋节，咸阳古道音尘绝。音尘绝，西风残照，汉家陵阙。"

② 范文正：范仲淹，字希文，谥文正，北宋政治家、军事家、文学家。《渔家傲·秋思》："塞下秋来风景异，衡阳雁去无留意。四面边声连角起。千嶂里，长烟落日孤城闭。　浊酒一杯家万里，燕然未勒归无计。羌管悠悠霜满地。人不寐，将军白发征夫泪。"

③ 夏英公：夏竦，字子乔，北宋仁宗朝曾官至宰相，封英国公，北宋词人。《喜迁莺》应为《喜迁莺令》："霞散绮，月垂钩。帘卷未央楼。夜凉银汉截天流，宫阙锁清秋。　瑶台树，金茎露。凤髓香盘烟雾。三千珠翠拥宸游，水殿按凉州。"

④ 继武：本意为足迹相连，后用来比喻继续他人的事业。

[译文]

李白的词完全以气象取胜。"西风残照，汉家陵阙"，寥寥八个字，就使万古千秋登临吟咏的诗人无法再开口。后代只有范仲淹的《渔家傲》、夏竦的《喜迁莺令》尚能继其词风，然而已经达不到李白的气象了。

张皋文谓飞卿之词"深美闳约"，① 余谓此四字唯冯正中② 足以当之。刘融斋谓飞卿"精艳绝人",③差近之耳。

[注释]

①张皋文：张惠言，字皋文，江苏武进（今常州市）人。清代经学家、词人、词论家。《词选叙》云："自唐之词人李白为首，其后韦应物、王建、韩翃、白居易、刘禹锡、皇甫松、司空图、韩偓并有述造，而温庭筠最高，其言深美闳约。"飞卿：温庭筠，字飞卿，太原（今属山西）人，晚唐著名词人。

②冯正中：冯延巳，一名延嗣，字正中，谥忠肃。广陵（今江苏扬州）人。五代时南唐著名词人。

③刘融斋：刘熙载，字伯简，号融斋，江苏兴化人，清代学者。其《艺概·词曲概》说："温飞卿词精妙绝人，然类不出乎绮怨。"

[译文]

张皋文认为温飞卿的词"深美闳约"，我认为这四个字只有冯正中的词当得起。刘融斋认为温飞卿的词"精妙绝人"，这还比较接近。

一二

"画屏金鹧鸪"①，飞卿语也，其词品似之。"弦上黄莺语"，端己语也②，其词品亦似之。正中词品，若欲于其词句中求之，则"和泪试严妆"③，殆近之欤？

[注释]

①温庭筠《更漏子》:"柳丝长,春雨细。花外漏声迢递。惊塞雁,起城乌,画屏金鹧鸪。 香雾薄,透帘幕。惆怅谢家池阁。红烛背,绣帘垂,梦长君不知。"

②端己:韦庄,字端己,长安杜陵(今陕西西安)人。晚唐著名词人。《菩萨蛮》(五首)其一:"红楼别夜堪惆怅,香灯半卷流苏帐。残月出门时,美人和泪辞。 琵琶金翠羽,弦上黄莺语。劝我早归家,绿窗人似花。"

③冯延巳《菩萨蛮》:"娇鬟堆枕钗横凤,溶溶春水杨花梦。红烛泪阑干,翠屏烟浪寒。 锦壶催画箭,玉佩天涯远。和泪试严妆,落梅飞晓霜。"

[译文]

"画屏金鹧鸪",这是温飞卿词中的一句,其词的风格也与此类似。"弦上黄莺语",这是韦端己词中的一句,其词的风格也与此类似。冯正中词的风格,如果想从他的词中找出一句来描述,那么"和泪试严妆"大概比较接近吧?

一三

南唐中主词"菡萏香销翠叶残,西风愁起绿波间"①,大有众芳芜秽,美人迟暮②之感。乃古今独赏其"细雨梦回鸡塞远,小楼吹彻玉笙寒"③,故知解人④正不易得。

[注释]

① 南唐中主：李璟，字伯玉，徐州人，五代南唐中主，善词。《浣溪沙》："菡萏香销翠叶残，西风愁起绿波间。还与韶光共憔悴，不堪看。　细雨梦回鸡塞远，小楼吹彻玉笙寒。多少泪珠无限恨，倚阑干。"

② 屈原《离骚》："余既滋兰之九畹兮，又树蕙之百亩。畦留夷与揭车兮，杂杜衡与芳芷。冀枝叶之峻茂兮，愿俟时乎吾将刈。虽萎绝其亦何伤兮，哀众芳之芜秽。""日月忽其不淹兮，春与秋其代序。惟草木之零落兮，恐美人之迟暮。"芜秽，荒废，指田地不整修而杂草丛生。这里意为枯萎、凋零。

③ 马令《南唐书》卷二十一《冯延巳传》："元宗乐府词云：'小楼吹彻玉笙寒'，延巳有'风乍起，吹皱一池春水'之句，皆为警策。元宗尝戏延巳曰：'吹皱一池春水，干卿何事？'延巳曰：'未如陛下小楼吹彻玉笙寒。'元宗悦。"

④ 解人：有见地并通晓人意的人。

[译文]

南唐中主的词："菡萏香销翠叶残，西风愁起绿波间。"大有屈原"哀众芳之芜秽"、"恐美人之迟暮"的感慨。然而从古至今人们却只欣赏他的"细雨梦回鸡塞远，小楼吹彻玉笙寒"两句，由此可见，有见地并通晓人意的人实属难得。

一四

温飞卿之词，句秀也。韦端己之词，骨秀也。李重光①之词，神秀也。

[注释]

① 李重光：李煜，字重光，号钟隐，五代南唐后主。

[译文]

温飞卿的词，字句华美。韦端己的词，骨力劲健。李重光的词，神韵悠长。

一五

词至李后主而眼界始大，感慨遂深，遂变伶工之词而为士大夫之词。周介存①置诸温、韦之下，可谓颠倒黑白矣。"自是人生长恨水长东"②、"流水落花春去也，天上人间"③，《金荃》《浣花》④，能有此气象耶？

[注释]

① 周介存：周济，字保绪，一字介存，号未斋，晚号止庵，江苏荆溪（今宜兴）人。清代常州词派重要词论家。著有《介存斋论词杂著》。其论温飞卿、韦端己、李煜词谓："毛嫱、西施，天下美妇人也。严妆佳，淡妆亦佳，粗服乱头，不掩国色。飞卿，严妆也。端己，淡妆也。后主则粗服乱头矣。"

② 李煜《乌夜啼》（一作《相见欢》）："林花谢了春红，太匆匆，无奈朝来寒雨晚来风。　胭脂泪，留人醉，几时重？自是人生长恨水长东！"

③ 李煜《浪淘沙》："帘外雨潺潺，春意阑珊。罗衾不耐五更寒。梦里不知身是客，一晌贪欢。　独自莫凭阑，无限江

山,别时容易见时难。流水落花春去也,天上人间。"

④《金荃》:《金荃集》,温庭筠词集,佚。后人辑本有《金荃词》一卷。《浣花》:《浣花集》,韦庄词集,其弟韦蔼编,是最早的词家专集。

[译文]

词的发展到了李煜,眼界才开始阔大,感慨也更深沉,从而把晚唐配乐助兴的伶人乐工词转变为抒情达意的士大夫词。周介存却把他列在温庭筠、韦庄之后,可以说是颠倒黑白!"自是人生长恨水长东"、"流水落花春去也,天上人间",温庭筠的《金荃集》、韦庄的《浣花集》,能有这样的气象吗?

一六

词人者,不失其赤子之心者也①。故生于深宫之中,长于妇人之手②,是后主为人君所短处,亦即为词人所长处。

[注释]

①《孟子·离娄下》:"孟子曰:'大人者,不失其赤子之心者也。'"

②《汉书·景十三王传》赞曰:"昔鲁哀公有言:'寡人生于深宫之中,长于妇人之手,未尝知忧,未尝知惧。'"颜师古注:"哀公与孔子言也。事见《孙卿子》。"

[译文]

优秀的词人,不可以失去赤子之心。后主生活在深宫之中,由女性伴同长大,这是他作为国君的短处,却也正是他成为优秀词人所具有的长处。

一七

客观之诗人,不可不多阅世。阅世愈深,则材料愈丰富、愈变化,《水浒传》《红楼梦》之作者是也。主观之诗人,不必多阅世。阅世愈浅,则性情愈真,李后主是也。

[译文]
客观地抒写世界的诗人,不可以不多经历世事。经历世事越深切,那么掌握的创作材料就越丰富,越富于变化,《水浒传》《红楼梦》的作者就是如此。主观地抒发情感的诗人,不必多经历世事,经历世事越少,那么性情就越纯真,李后主就是如此。

一八

尼采①谓:"一切文学,余爱以血书者。"后主之词,真所谓以血书者也。宋道君皇帝《燕山亭》②词亦略似之。然道君不过自道身世之戚,后主则俨有释迦、基督担荷人类罪恶之意,其大小固不同矣。

[注释]

① 尼采：德国哲学家。语出尼采《苏鲁支语录》："凡一切已经写下的，我只爱其人用血写的书。用血写书，然后你将体会到，血便是经义。"

② 宋道君皇帝：即宋徽宗赵佶，崇奉道教，曾自称"教主道君皇帝"。《燕山亭》（北行见杏花）："裁剪冰绡，轻叠数重，淡著燕脂匀注。新样靓妆，艳溢香融，羞杀蕊珠宫女。易得凋零，更多少无情风雨。愁苦。闲院落凄凉，几番春暮。 凭寄离恨重重，这双燕何曾，会人言语。天遥地远，万水千山，知他故宫何处。怎不思量，除梦里有时曾去。无据。和梦也、新来不做。"

[译文]

德国哲学家尼采说："所有的文学作品中，我最喜爱用心血书写的。"后主的词，真可以说是用心血书写的呀！北宋道君皇帝的《燕山亭》一词也颇有相似之处。然而道君皇帝不过抒发的是个人亡国后的身世之哀，李后主则俨然有释伽牟尼、基督担负全人类罪恶的意味，他们境界的高下本来就是不同的。

一九

冯正中词虽不失五代风格，而堂庑①特大，开北宋一代风气。与中、后二主词皆在《花间》②范围之外，宜《花间集》中不登其只字也③。

[注释]

①堂庑：厅堂之下四周的房间。这里借喻词的格局、气魄小。

②《花间》：《花间集》，五代后蜀赵崇祚编，选录晚唐五代温庭筠、韦庄等十八家词，其中除温庭筠、皇甫松、孙光宪外，都是身居西蜀的文人。

③近代词学界大多认为《花间集》不选南唐词是因为地域关系。龙榆生《唐宋名家词选》谓："《花间集》多西蜀词人，不采二主及正中词，当由道里隔绝，又年岁不相及，有以致然。非因流派不同，遂尔遗置也。王说非是。"

[译文]

冯正中的词虽不失五代的风格，然而气象恢宏，开北宋一代词风。他与南唐中、后二主的词都突破了花间词风的限制，《花间集》没有收录他们的词也是自然的事！

二〇

正中词除《鹊踏枝》《菩萨蛮》十数阕最煊赫外，如《醉花间》之"高树鹊衔巢，斜月明寒草"①，余谓韦苏州之"流萤渡高阁"②，孟襄阳之"疏雨滴梧桐"③不能过也。

[注释]

①冯延巳《醉花间》："晴雪小园春未到。池边梅自早。高树鹊衔巢，斜月明寒草。　山川风景好。自古金陵道。少年看

却老。相逢莫厌醉金杯,别离多,欢会少。"

②韦苏州:韦应物,京兆长安(今陕西西安)人。中唐著名诗人,曾任苏州刺吏。《寺居独夜寄崔主簿》:"幽人寂无寐,木叶纷纷落。寒雨暗深更,流萤渡高阁。坐使青灯晓,还伤夏衣薄。宁知岁方晏,离居更萧索。"

③孟襄阳:孟浩然,襄州襄阳(今属湖北)人,盛唐著名诗人。唐王士源《孟浩然集·序》云:"(孟浩然)尝闲游秘省,秋月新霁,诸英华赋诗作会。浩然句云:'微云淡河汉,疏雨滴梧桐。'举座嗟其清绝,咸阁笔不复为继。"

[译文]

冯正中词中,除了《鹊踏枝》《菩萨蛮》十几首名气、影响最大,像《醉花间》中"高树鹊衔巢,斜月明寒草"所达到的境界,我认为就算韦苏州的"流萤渡高阁"、孟襄阳的"疏雨滴梧桐"也不能超过。

二一

欧九《浣溪沙》词:"绿杨楼外出秋千"①,晁补之②谓:只一"出"字,便后人所不能道。余谓:此本于正中《上行杯》词"柳外秋千出画墙"③,但欧语尤工耳。

[注释]

①欧九:欧阳修,字永叔,号醉翁,晚年又号六一居士。行九。吉水(今属江西)人。北宋文学家、史学家。《浣溪沙》:

"堤上游人逐画船,拍堤春水四垂天。绿杨楼外出秋千。 白发戴花君莫笑,六么催拍盏频传。人生何处似尊前。"

②晁补之:字无咎,号归来子,巨野(今属山东)人。北宋后期文学家,苏门四学士之一。

③冯延巳《上行杯》:"落梅著雨消残粉,云重烟轻寒食近。罗幕遮香,柳外秋千出画墙。 春山颠倒钗横凤,飞絮入帘春睡重。梦里佳期,只许庭花与月知。"

[译文]

欧阳修的《浣溪沙》词中"绿杨楼外出秋千"一句,晁补之认为,只是一个"出"字,就是后代的词人所写不出来的。我认为这一句出自冯延巳的《上行杯》词"柳外秋千出画墙"一句,只是欧阳修的文辞更加工整精巧罢了。

二二

梅舜俞《苏幕遮》词:"落尽梨花春事了。满地斜阳,翠色和烟老。"①刘融斋谓少游一生似专学此种。②余谓冯正中《玉楼春》词:"芳菲次第长相续,自是情多无处足。尊前百计得春归,莫为伤春眉黛蹙。"③永叔一生似专学此种。

[注释]

①梅舜俞:梅尧臣,字圣俞,宣城(今属安徽)人。北宋著名诗人。"舜俞"为误记。此处引句有误。《苏幕遮》(草):"露堤平,烟墅杳。乱碧萋萋,雨后江天晓。独有庾郎年最少。

窣地春袍，嫩色宜相照。　接长亭，迷远道。堪怨王孙，不记归期早。落尽梨花春又了。满地残阳，翠色和烟老。"

②少游：秦观，字少游，一字太虚，号淮海居士，宋代词人。刘熙载《艺概》卷四《词曲概》引此词云："此一种似为少游开先。"

③冯延巳《玉楼春》："雪云乍变春云簇，渐觉年华堪送目。北枝梅蕊犯寒开，南浦波纹如酒绿。　芳菲次第还相续，自是情多无处足。尊前百计得春归，莫为伤春眉黛蹙。"案：此词作者有争议。或以为欧阳修作，或以为冯延巳作。

[译文]

梅圣俞《苏幕遮》词："落尽梨花春又了。满地残阳，翠色和烟老。"刘融斋认为秦少游一生作词好像专门学习这种风格。我认为，冯正中《玉楼春》词"芳菲次第长相续，自是情多无处足。尊前百计得春归，莫为伤春眉黛蹙"，欧阳永叔一生好像专门学习这种风格。

二三

人知和靖《点绛唇》[①]、舜俞《苏幕遮》[②]、永叔《少年》[③]三阕为咏春草绝调。不知先有正中"细雨湿流光"[④]五字，皆能摄春草之魂者也。

[注释]

①和靖：林逋，字君复，钱塘（今浙江杭州）人，宋初诗人。死后宋仁宗赐谥号"和靖先生"。《点绛唇》（草）："金谷

年年，乱生春色谁为主。余花落处，满地和烟雨。 又是离愁，一阕长亭暮。王孙去。萋萋无数，南北东西路。"

② "舜俞"应为"圣俞"，《苏幕遮》见第21页注①。

③《少年》应为《少年游》，吴曾《能改斋漫录》卷十七："梅圣俞在欧阳公坐，有以林逋《草》词'金谷年年，乱生春草谁为主'为美者。圣俞因别为《苏幕遮》一阕，欧公击节赏之。又自为一词云：'阑干十二独凭春，晴碧远连云。千里万里，二月三月，行色苦愁人。 谢家池上，江淹浦畔，吟魄与离魂。那堪疏雨滴黄昏，更特地、忆王孙。'盖《少年游》令也。不惟前二公所不及，虽置诸唐人温、李集中，殆与之为一矣。今集不载此一篇，惜哉！"

④ 冯延巳《南乡子》："细雨湿流光，芳草年年与恨长。烟锁凤楼无限事，茫茫。鸾镜鸳衾两断肠。 魂梦任悠扬，睡起杨花满绣床。薄幸不来门半掩，斜阳。负你残春泪几行。"

[译文]

人们都知道林和靖的《点绛唇》、梅圣俞的《苏幕遮》、欧阳永叔的《少年游》三首词是歌咏春草的绝唱，却不知道冯正中先有"细雨湿流光"五个字，这些词都抓住了春草的精魂。

二四

《诗·蒹葭》①一篇，最得风人深致②。晏同叔之"昨夜西风凋碧树。独上高楼，望尽天涯路"，③意颇近之。但一洒落，一悲壮耳。

[注释]

①《诗经·蒹葭》:"蒹葭苍苍,白露为霜。所谓伊人,在水一方。溯洄从之,道阻且长。溯游从之,宛在水中央。 蒹葭凄凄,白露未晞。所谓伊人,在水之湄。溯洄从之,道阻且跻。溯游从之,宛在水中坻。 蒹葭采采,白露未已。所谓伊人,在水之涘,溯洄从之,道阻且右。溯游从之,宛在水中沚。"

② 风人深致:风人,即诗人。《诗经》有十五国风。深致:达到精深、精微的境界。

③ 晏同叔:晏殊,字同叔,临川(今属江西)人。北宋词人。《蝶恋花》:"槛菊愁烟兰泣露。罗幕轻寒,燕子双飞去。明月不谙离恨苦,斜光到晓穿朱户。 昨夜西风凋碧树。独上高楼,望尽天涯路。欲寄彩笺兼尺素,山长水阔知何处。"

[译文]

《诗经》中《蒹葭》一篇,最能够表现诗人深远的情致。晏同叔的"昨夜西风凋碧树。独上高楼,望尽天涯路"几句,意趣和它颇为接近,但是,前者洒落,后者悲壮。

二五

"我瞻四方,蹙蹙靡所骋。"①诗人之忧生也。"昨夜西风凋碧树。独上高楼,望尽天涯路"似之。"终日驰车走,不见所问津。"②诗人之忧世也。"百草千花寒食路,香车系在谁家树"③似之。

[注释]

① 《诗经·小雅·节南山》:"驾彼四牡,四牡项领。我瞻四方,蹙蹙靡所骋。"

② 陶潜《饮酒》第二十首:"羲农去我久,举世少复真。汲汲鲁中叟,弥缝使其淳。凤鸟虽不至,礼乐暂得新。洙泗辍微响,漂流逮狂秦。诗书复何罪,一朝成灰尘。区区诸老翁,为事诚殷勤。如何绝世下,六籍无一亲?终日驰车走,不见所问津。若复不快饮,空负头上巾。但恨多谬误,君当恕醉人。"

③ 冯延巳《鹊踏枝》:"几日行云何处去?忘却归来,不道春将暮!百草千花寒食路,香车系在谁家树? 泪眼倚楼频独语,双燕飞来,陌上相逢否?撩乱春愁如柳絮,悠悠梦里无寻处。"

[译文]

"我瞻四方,蹙蹙靡所骋。"这是诗人在忧虑人生。晏殊的"昨夜西风凋碧树。独上高楼,望尽天涯路"与此类似。"终日驰车走,不见所问津。"这是诗人在忧虑时世。冯延巳的"百草千花寒食路,香车系在谁家树"与此类似。

二六

古今之成大事业、大学问者,必经过三种之境界:"昨夜西风凋碧树。独上高楼,望尽天涯路。"① 此第一境也。"衣带渐宽终不悔,为伊消得人憔悴。"② 此第二境也。"众里寻他千百度,回头蓦见,那人正在,灯火阑珊处。"③ 此第三境也。此等语皆非大词人不能道。然遽以此意解释诸词,恐为晏、欧诸公所不许也。

[注释]

① 晏殊《蝶恋花》。全词见第 24 页注 ③。

② 柳永《凤栖梧》:"伫倚危楼风细细。望极春愁,黯黯生天际。草色烟光残照里。无言谁会凭阑意。 拟把疏狂图一醉,对酒当歌,强乐还无味。衣带渐宽终不悔,为伊消得人憔悴。"王国维先生认为这首词是欧阳修所作,似误。

③ 此处引句有误。辛弃疾《青玉案·元夕》:"东风夜放花千树。更吹落、星如雨。宝马雕车香满路,凤箫声动,玉壶光转,一夜鱼龙舞。 蛾儿雪柳黄金缕。笑语盈盈暗香去。众里寻他千百度。蓦然回首,那人却在,灯火阑珊处。"

[译文]

古今成就大事业、大学问的人,必定要经过三重境界。"昨夜西风凋碧树。独上高楼,望尽天涯路。"这是第一重境界。"衣带渐宽终不悔,为伊消得人憔悴。"这是第二重境界。"众里寻他千百度,蓦然回首,那人却在,灯火阑珊处。"这是第三重境界。这种词语不是大词人根本写不出来。然而,我竟然这样来解释上述诸词,恐怕晏、欧这些大词人不会赞许吧!

二七

永叔"人间自是有情痴,此恨不关风与月","直须看尽洛城花,始与东风容易别",① 于豪放之中有沈著② 之致,所以尤高。

[注释]

① 引句有误。欧阳修《玉楼春》:"尊前拟把归期说,未语春容先惨咽。人生自是有情痴,此恨不关风与月。 离歌且莫翻新阕,一曲能教肠寸结。直须看尽洛城花,始共春风容易别。"

② 沈著:"沈"通"沉",沉着。

[译文]

欧阳永叔"人生自是有情痴,此恨不关风与月","直须看尽洛城花,始共春风容易别"二句,在豪放之中又饱含沉著的情致,所以尤其高妙。

二八

冯梦华①《宋六十一家词选·序例》谓:"淮海、小山②,古之伤心人也。其淡语皆有味,浅语皆有致。"余谓此唯淮海足以当之。小山矜贵有余,但可方驾子野、方回③,未足抗衡淮海也。

[注释]

① 冯梦华:冯煦,字梦华,号蒿庵,江苏金坛人。清代词论家,有《蒿庵词》《宋六十一家词选》。

② 淮海:秦观。小山:晏几道,字叔原,号小山,临川(今属江西)人,北宋著名词人。

③ 子野:张先,字子野,乌程(今浙江湖州)人。北宋著名词人。方回:贺铸,字方回,卫州(今河南汲县)人。北宋后期词人。

[译文]

冯煦在《宋六十一家词选·序例》中写道:"秦淮海、晏小山,都是古代善于抒写伤感悲戚的词人。他们的词,平淡的字句都有韵味,浅近的字句都有风致。"我认为这种评价只有秦淮海能够当之无愧。晏小山矜持尊贵有余,只可以和张子野、贺方回并驾齐驱,还不足以与秦淮海抗衡。

二九

少游词境最为凄婉。至"可堪孤馆闭春寒,杜鹃声里斜阳暮"①,则变而凄厉矣。东坡赏其后二语②,犹为皮相③。

[注释]

① 秦观《踏莎行》见第4页注②。

② 东坡:苏轼,字子瞻,号东坡居士,北宋文学家。胡仔《苕溪渔隐丛话》前集卷五十引惠洪《冷斋夜话》:"少游到郴州,作长短句。东坡绝爱其尾两句,自书于扇曰:'少游已矣,虽万人何赎。'"

③ 皮相:只看外表。

[译文]

秦少游的词境界最为凄婉,到了写"可堪孤馆闭春寒,杜鹃声里斜阳暮",就变成了凄厉。苏东坡非常欣赏这首词的最后两句,只是浮于文辞表面罢了。

三〇

"风雨如晦,鸡鸣不已"①、"山峻高以蔽日兮,下幽晦以多雨;霰雪纷其无垠兮,云霏霏而承宇"②、"树树皆秋色,山山尽落晖"③、"可堪孤馆闭春寒,杜鹃声里斜阳暮",气象皆相似。

[注释]

① 《诗·郑风·风雨》:"风雨凄凄,鸡鸣喈喈。既见君子,云胡不夷? 风雨潇潇,鸡鸣胶胶。既见君子,云胡不瘳? 风雨如晦,鸡鸣不已。既见君子,云胡不喜?"

② 出自《楚辞·九章·涉江》。

③ 唐王绩《野望》:"东皋薄暮望,徙倚欲何依?树树皆秋色,山山唯落晖。牧人驱犊返,猎马带禽归。相顾无相识,长歌怀采薇。"

[译文]

"风雨如晦,鸡鸣不已"、"山峻高以蔽日兮,下幽晦以多雨;霰雪纷其无垠兮,云霏霏而承宇"、"树树皆秋色,山山唯落晖"、"可堪孤馆闭春寒,杜鹃声里斜阳暮",这些诗词所展示的气象都是相似的。

三一

昭明太子①称陶渊明诗"跌宕昭彰,独超众类。抑扬爽朗,莫之与京"。王无功②称薛收赋

"韵趣高奇,词义晦远。嵯峨萧瑟,真不可言"。词中惜少此二种气象,前者唯东坡,后者唯白石③,略得一二耳。

[注释]

① 昭明太子:萧统(501—532),字德施。南兰陵(今江苏常州西北)人。南朝梁武帝长子,天监元年立为太子。曾主持编纂《文选》,后人称为《昭明文选》。引文见萧统《陶渊明集·序》:"其文章不群,词采精拔,跌宕昭彰,独超众类,抑扬爽朗,莫与之京。横素波而傍流,干青云而直上。语时事则指而可想,论怀抱则旷而且真。"

② 王无功:王绩(585—644),字无功,号东皋子,绛州龙门(今山西河津)人,初唐诗人。引文见《王无功集》卷下《答冯子华处士书》:"吾往见薛收《白牛溪赋》,韵趣高奇,词义旷远,嵯峨萧瑟,真不可言。壮哉!邈乎扬、班之俦也。高人姚义常语吾曰:'薛生此文,不可多得,登太行,俯沧海,高深极矣。'"薛收:字伯褒,谥献,汾阴(今山西万荣西)人。与王绩为好友,初唐文学家。

③ 白石:姜夔(约1155—约1221),字尧章,号白石道人,鄱阳(今江西波阳)人。南宋词人。

[译文]

昭明太子认为,陶渊明的诗,狂放旷达,超越众家;抑扬顿挫,清爽明朗,没有人可以和他抗衡。王无功认为,薛收的赋,韵趣高妙,意蕴悠远,高峻奇拔,又冷清凄凉,让人无法形容。很可惜唐宋词中缺少这两种气象,前一种只有苏东坡,后一种只有姜白石,略得其一二。

三二

词之雅郑①,在神不在貌。永叔、少游虽作艳语,终有品格。方之美成②,便有淑女与倡伎之别。

[注释]

① 雅郑:雅乐与郑声。这里引申为高雅与低俗。
② 美成:周邦彦(1056—1121),字美成,自号清真居士,钱塘(今浙江杭州)人。北宋后期著名词人。

[译文]

词的高雅与低俗,在于神韵而不在字面。欧阳永叔、秦少游即使是作艳语,最终还是有品格。和周美成相比,就有淑女和倡伎的区别。

三三

美成深远之致不及欧、秦。唯言情体物,穷极工巧,故不失为第一流之作者。但恨创调之才多,创意之才少耳。

[译文]

周美成深远的情致不如欧阳永叔、秦少游。只有抒情写景时，极其工致精巧，所以还可以算是第一流的词人。只是创新曲调的才华多，创新词意的才华少，让人遗憾呀！

三四

词忌用替代字。美成《解语花》之"桂华流瓦"①，境界极妙。惜以"桂华"二字代"月"耳。梦窗②以下，则用代字更多。其所以然者，非意不足，则语不妙也。盖意足则不暇代，语妙则不必代。此少游之"小楼连苑"、"绣毂雕鞍"③，所以为东坡所讥也④。

[注释]

① 周邦彦《解语花·元宵》："风销焰蜡，露浥烘炉，花市光相射。桂华流瓦。纤云散，耿耿素娥欲下。衣裳淡雅。看楚女、纤腰一把。箫鼓喧，人影参差，满路飘香麝。 因念都城放夜。望千门如昼，嬉笑游冶。钿车罗帕。相逢处，自有暗尘随马。年光是也。唯只见、旧情衰谢。清漏移，飞盖归来，从舞休歌罢。"桂华：桂花。传说中月宫有桂树，这里借喻月光。

② 梦窗：吴文英（约1200—约1260），字君特，号梦窗，晚年又号觉翁，四明（今浙江鄞县）人，南宋后期著名词人。

③ 秦观《水龙吟》："小楼连苑横空，下窥绣毂雕鞍骤。朱帘半卷，单衣初试，清明时候。破暖轻风，弄晴微雨，欲无还有。卖花声过尽，斜阳院落，红成阵，飞鸳甃。 玉佩丁东别后。怅佳期、参差难又。名缰利锁，天还知道，和天也瘦。花

下重门，柳边深巷，不堪回首。念多情，但有当时皓月，向人依旧。"

④《历代诗余》卷五引曾慥《高斋词话》："少游自会稽入都见东坡。东坡问作何词，少游举'小楼连苑横空，下窥绣毂雕鞍骤'。东坡曰：'十三个字只说得一个人骑马楼前过。'"

[译文]

填词忌讳使用替代词。周美成《解语花》中"桂华流瓦"一句，境界非常高妙，可惜用"桂华"二字代替"月光"！吴梦窗以下的词人，使用替代词更多。之所以如此，不是文意不充实，就是文辞不巧妙。因为文意充实就无暇用替代词，文辞巧妙就不必用替代词。这就是秦少游的"小楼连苑"、"绣毂雕鞍"之所以被东坡批评的原因。

三五

沈伯时①《乐府指迷》云："说桃不可直说桃，须用'红雨'、'刘郎'等字。说柳不可直说破柳，须用'章台'、'灞岸'等字。"若惟恐人不用代字者。果以是为工，则古今类书具在，又安用词为耶？宜其为《提要》所讥也。②

[注释]

①沈伯时：沈义父，字伯时，南宋词学家。著有《乐府指迷》。此处引文与原文有出入，《乐府指迷》原文"直说桃"作"直说破桃"；"说柳"作"咏柳"。

②《四库提要》集部词曲类二沈氏《乐府指迷》条:"又谓:说桃须用'红雨'、'刘郎'等字,说柳须用'章台'、'灞岸'等字,说书须用'银钩'等字,说泪须用'玉箸'等字,说发须用'绿云'等字,说簟须用'湘竹'等字,不可直说破。其意欲避鄙俗,而不知转成涂饰,亦非确论。"

[译文]

沈伯时在《乐府指迷》中说道:说桃不可以直接点明桃,应该用"红雨"、"刘郎"等词来替代;咏柳不可以直接点明柳,应该用"章台"、"灞岸"等词来替代。好像只怕别人不使用替代词。如果认为这样做就是工巧,那么,古今的类书都记载得清清楚楚,又何必在词语上花费心力呢?沈氏的论调被《四库提要》批评是应该的呀!

三六

美成《青玉案》(当作《苏幕遮》)词:"叶上初阳干宿雨。水面清圆,一一风荷举。"① 此真能得荷之神理者。觉白石《念奴娇》《惜红衣》二词②,犹有隔雾看花之恨。

[注释]

① 周邦彦《苏幕遮》:"燎沈香,消溽暑,鸟雀呼晴,侵晓窥檐语。叶上初阳干宿雨。水面清圆,一一风荷举。 故乡遥,何日去?家住吴门,久作长安旅。五月渔郎相忆否?小楫轻舟,梦入芙蓉浦。"

②姜夔《念奴娇》：(予客武陵，湖北宪治在焉。古城野水，乔木参天。予与二三友日荡舟其间，薄荷花而饮，意象幽闲，不类人境。秋水且涸，荷叶出地寻丈，因列坐其下，上不见日，清风徐来，绿云自动。间于疏处窥见游人画船，亦一乐也。揭来吴兴，数得相羊荷花中。又夜泛西湖，光景奇绝。故以此句写之)"闹红一舸，记来时，尝与鸳鸯为侣。三十六陂人未到，水佩风裳无数。翠叶吹凉，玉容销酒，更洒菰蒲雨。嫣然摇动，冷香飞上诗句。 日暮青盖亭亭，情人不见，争忍凌波去。只恐舞衣寒易落，愁入西风南浦。高柳垂阴，老鱼吹浪，留我花间住。田田多少？几回沙际归路。"

姜夔《惜红衣》：(吴兴号水晶宫，荷花盛丽。陈简斋云："今年何以报君恩，一路荷花相送到青墩。"亦可见矣。丁未之夏，予游千岩，数往来红香中，自度此曲，以无射官歌之)"簟枕邀凉，琴书换日，睡余无力。细洒冰泉，并刀破甘碧。墙头唤酒，谁问讯城南诗客？岑寂。高柳晚蝉，说西风消息。 虹梁水陌，鱼浪吹香，红衣半狼藉。维舟试望故国。眇天北。可惜渚边沙外，不共美人游历。问甚时同赋，三十六陂秋色。"

[译文]

周美成的《苏幕遮》词："叶上初阳干宿雨。水面清圆，一一风荷举。"一句真正描绘出了荷花的神韵。感到姜白石《念奴娇》《惜红衣》两首词，还是让人有雾里看花的遗憾。

三七

东坡《水龙吟》咏杨花①，和韵而似元唱。章质夫词②,原唱而似和韵。才之不可强也如是!

[注释]

① 苏轼《水龙吟·次韵章质夫杨花词》:"似花还似非花,也无人惜从教坠。抛家傍路,思量却是,无情有思。萦损柔肠,困酣娇眼,欲开还闭。梦随风万里,寻郎去处,又还被、莺呼起。 不恨此花飞尽,恨西园、落红难缀。晓来雨过,遗踪何在,一池萍碎。春色三分,二分尘土,一分流水。细看来不是杨花,点点是离人泪。"

② 章质夫:章楶,字质夫,蒲城(在今福建)人,北宋词人,苏东坡好友。《水龙吟·杨花》:"燕忙莺懒芳残,正堤上、杨花飘坠。轻飞乱舞,点画青林,全无才思。闲趁游丝,静临深院,日长门闭。傍珠帘散漫,垂垂欲下,依前被、风扶起。兰帐玉人睡觉,怪春衣、雪沾琼缀。绣床渐满,香球无数,才圆欲碎。时见蜂儿,仰粘轻粉,鱼吞池水。望章台路杳,金鞍游荡,有盈盈泪。"

[译文]

苏东坡的《水龙吟·次韵章质夫杨花词》,是和韵却好似原创;章质夫的词,是原创却好似和韵。由此可见才能的高下不可强求。

三八

咏物之词,自以东坡《水龙吟》为最工,邦卿《双双燕》①次之。白石《暗香》《疏影》②,

格调虽高，然无一语道着，视古人"江边一树垂垂发"③等句何如耶？

[注释]

① 邦卿：史达祖，字邦卿，号梅溪，汴京（今河南开封）人，南宋著名词人。《双双燕·咏燕》："过春社了，度帘幕中间，去年尘冷。差池欲往，试入旧巢相并。还相雕梁藻井，又软语、商量不定。飘然快拂花梢，翠尾分开红影。　芳径，芹泥雨润。爱贴地争飞，竞夸轻俊。红楼归晚，看足柳暗花暝。应自栖香正稳，便忘了、天涯芳信。愁损翠黛双蛾，日日画栏独凭。"

② 姜夔《暗香》《疏影》：（辛亥之冬，予载雪诣石湖。止既月，授简索句，且征新声，作此两曲。石湖把玩不已，使工伎隶习之，音节谐婉，乃名之曰《暗香》《疏影》）《暗香》："旧时月色，算几番照我，梅边吹笛？唤起玉人，不管清寒与攀摘。何逊而今渐老，都忘却春风词笔。但怪得、竹外疏花，香冷入瑶席。　江国，正寂寂，叹寄与路遥，夜雪初积。翠尊易泣，红萼无言耿相忆。长记曾携手处，千树压西湖寒碧。又片片吹尽也，几时见得？"

《疏影》："苔枝缀玉，有翠禽小小，枝上同宿。客里相逢，篱角黄昏，无言自倚修竹。昭君不惯胡沙远，但暗忆江南江北。想佩环月夜归来，化作此花幽独。　犹记深宫旧事，那人正睡里，飞近蛾绿。莫似春风，不管盈盈，早与安排金屋。还教一片随波去，又却怨玉龙哀曲。等恁时、重觅幽香，已入小窗横幅。"

③ 杜甫《和裴迪登蜀州东亭送客逢早梅相忆见寄》："东

阁官梅动诗兴，还如何逊在扬州。此时对雪遥相忆，送客逢春可自由。幸不折来伤岁暮，若为看去乱乡愁。江边一树垂垂发，朝夕催人自白头。"

[译文]

咏物词，当然以苏东坡的《水龙吟》最为精妙绝伦，史邦卿的《双双燕》次之。姜白石的《暗香》《疏影》，格调虽然高妙，然而却没有一笔传神，和古人的"江边一树垂垂发"等句子相比，高下又如何呢？

三九

白石写景之作，如"二十四桥仍在，波心荡、冷月无声"①，"数峰清苦，商略黄昏雨"②，"高树晚蝉，说西风消息"③，虽格韵高绝，然如雾里看花，终隔一层。梅溪、梦窗诸家写景之病，皆在一"隔"字。北宋风流，渡江遂绝。抑真有运会存乎其间耶？

[注释]

① 姜夔《扬州慢》(淳熙丙申至日，予过维扬。夜雪初霁，荠麦弥望。入其城，则四顾萧条，寒水自碧。暮色渐起，戍角悲吟。予怀怆然，感慨今昔，因自度此曲。千岩老人以为有"黍离"之悲也)："淮左名都，竹西佳处，解鞍少驻初程。过春风十里，尽荠麦青青。自胡马窥江去后，废池乔木，犹厌言兵。渐黄昏，清角吹寒，都在空城。　杜郎俊赏，算而今、重

到须惊。纵豆蔻词工，青楼梦好，难赋深情。二十四桥仍在，波心荡、冷月无声。念桥边红药，年年知为谁生？"

②姜夔《点绛唇》(丁未冬过吴松作)："燕雁无心，太湖西畔随云去。数峰清苦。商略黄昏雨。 第四桥边，拟共天随住。今何许？凭栏怀古，残柳参差舞。"

③姜夔《惜红衣》见第35页注②。

[译文]

姜白石写景的词作，如"二十四桥仍在，波心荡、冷月无声"，"数峰清苦，商略黄昏雨"，"高树晚蝉，说西风消息"，虽然格调高妙音韵精绝，却好像雾里看花，总觉得隔了一层。史梅溪、吴梦窗等词人写景的通病，也都在于一个"隔"字。北宋词人的风采流韵，南渡之后就荡然无存了。难道真的有时势、命运影响存在其中吗？

四〇

问"隔"与"不隔"之别，曰：陶、谢①之诗不隔，延年②则稍隔矣。东坡之诗不隔，山谷③则稍隔矣。"池塘生春草"④、"空梁落燕泥"⑤等二句，妙处唯在不隔，词亦如是。即以一人一词论，如欧阳公《少年游》咏春草上半阕云："阑干十二独凭春，晴碧远连云。千里万里，二月三月，行色苦愁人。"⑥语语都在目前，便是不隔。至云："谢家池上，江淹浦畔"，则隔矣。白石《翠楼吟》："此地。宜有词仙，拥素云黄鹤，与君游戏。玉梯凝望久，叹芳草、萋萋千里。"便是不隔。至"酒祓清愁，花消英气"⑦，则隔矣。然南宋词虽不隔处，比之前人，自有浅深厚薄之别。

[注释]

① 谢：谢灵运（385—433），陈郡阳夏（今河南太康）人，南北朝著名山水诗人。

② 延年：颜延之（384—456），字延年，琅琊临沂（今属山东）人，与谢灵运齐名，时称"颜谢"。

③ 山谷：黄庭坚（1045—1105），字鲁直，自号山谷道人，又号涪翁，分宁（今江西修水）人。与苏轼齐名，时称"苏黄"。

④ 谢灵运《登池上楼》："潜虬媚幽姿，飞鸿响远音。薄霄愧云浮，栖川怍渊沈。进德智所拙，退耕力不任。徇禄反穷海，卧疴对空林。衾枕昧节候，褰开暂窥临。倾耳聆波澜，举目眺岖嵚。初景革绪风，新阳改故阴。池塘生春草，园柳变鸣禽。祁祁伤豳歌，萋萋感楚吟。索居易永久，离群难处心，持操岂独古，无闷征在今。"

⑤ 薛道衡，字玄卿，河东汾阴（今山西万荣西）人。《昔昔盐》："垂柳覆金堤，蘼芜叶复齐。水溢芙蓉沼，花飞桃李蹊。采桑秦氏女，织锦窦家妻。关山别荡子，风月守空闺。恒敛千金笑，长垂双玉啼。盘龙随镜隐，彩凤逐帷低。飞魂同夜鹊，倦寝忆晨鸡。暗牖悬蛛网，空梁落燕泥。前年过代北，今岁往辽西。一去无消息，那能惜马蹄。"

⑥ 欧阳修《少年游》见第23页注③，此处引文有误，

"犹凭春"应作"独凭春","二月三月,千里万里"应作"千里万里,二月三月"。

⑦姜夔《翠楼吟》:(淳熙丙午冬,武昌安远楼成,与刘去非诸友落之,度曲见志,予去武昌十年,故人有泊舟鹦鹉洲者,闻小姬歌此词。问之,颇能道其事。还吴,为予言之。兴怀昔游,且伤今之离索也)"月冷龙沙,尘清虎落,今年汉酺初赐。新翻胡部曲,听毡幕、元戎歌吹。层楼高峙。看槛曲萦红,檐牙飞翠。人姝丽。粉香吹下,夜寒风细。 此地。宜有词仙,拥素云黄鹤,与君游戏。玉梯凝望久,叹芳草、萋萋千里。天涯情味。仗酒祓清愁,花销英气。西山外。晚来还卷,一帘秋霁。"

[译文]

如果问"隔"与"不隔"的区别,可以这样解释:陶渊明、谢灵运的诗"不隔",颜延之的诗就稍稍有些"隔"。苏东坡的诗"不隔",黄庭坚的诗就稍稍有些"隔"。"池塘生春草"、"空梁落燕泥"这两句诗,绝妙之处就在于"不隔"。词也是如此。假如用一个人的一首词来评判,如欧阳永叔的《少年游》咏春草上半阕:"阑干十二独凭春,晴碧远连云。二月三月,千里万里,行色苦愁人。"句句描写都浮现于眼前,就是"不隔"。至于"谢家池上,江淹浦畔"就"隔"了。姜白石的《翠楼吟》:"此地。宜有词仙,拥素云黄鹤,与君游戏。玉梯凝望久,叹芳草、萋萋千里。"就是"不隔"。到了"酒祓清愁,花消英气"就"隔"了。然而南宋词虽然有"不隔"的,但是和前人相比,仍自有深浅厚薄的区别。

四一

"生年不满百,常怀千岁忧。昼短苦夜长,何不秉烛游?"①"服食求神仙,多为药所误。不如饮美酒,被服纨与素。"②写情如此,方为不隔。"采菊东篱下,悠然见南山。山气日夕佳,飞鸟相与还。"③"天似穹庐,笼盖四野。天苍苍,野茫茫,风吹草低见牛羊。"④写景如此,方为不隔。

[注释]

①《古诗十九首》第十五:"生年不满百,常怀千岁忧。昼短苦夜长,何不秉烛游,为乐当及时,何能待来兹。愚者爱惜费,但为后世嗤。仙人王子乔,难可与等期。"

②《古诗十九首》第十三:"驱车上东门,遥望郭北墓。白杨何萧萧,松柏夹广路。下有陈死人,杳杳即长暮。潜寐黄泉下,千载永不寤。浩浩阴阳移,年命如朝露。人生忽如寄,寿无金石固。万岁更相送,圣贤莫能度。服食求神仙,多为药所误。不如饮美酒,被服纨与素。"

③陶潜《饮酒诗》见第4页注③。

④斛律金《敕勒歌》:"敕勒川,阴川下。天似穹庐,笼盖四野。天苍苍,野茫茫,风吹草低见牛羊。"

[译文]

"生年不满百,常怀千岁忧。昼短苦夜长,何不秉烛游?""服食求神仙,多为药所误。不如饮美酒,被服纨与素。"像这样抒情,才是"不隔"。"采菊东篱下,悠然见南山。山气日夕佳，飞鸟相与还。""天似穹庐，笼盖四野。天苍苍，野茫茫，风吹草低见牛羊。"像这样写景，才是"不隔"。

四二

古今词人格调之高，无如白石。惜不于意境上用力，故觉无言外之味，弦外之响。终不能与于第一流之作者也。

[译文]

古今词人，论格调高雅，没有人比得上姜白石。可惜他不在意境上下功夫，所以觉得他的作品没有言外之意，弦外之音，终究不能够列为第一流词人。

四三

南宋词人，白石有格而无情，剑南①有气而乏韵。其堪与北宋人颉颃②者，唯一幼安③耳。近人祖南宋而祧④北宋，以南宋之词可学，北宋不可学也。学南宋者，不祖白石，则祖梦窗⑤，以白石、梦窗可学，幼安不可学也。学幼安者率祖其粗犷、滑稽，以其粗犷、滑稽处可学，佳处不可学也。幼安之佳处，在有性情，有境界。即以气象论，亦有"横素波、干青云"⑥之概，宁后世龌龊⑦小生所可拟耶？

[注释]

① 剑南：陆游（1125—1210），字务观，号放翁，山阴（今浙江绍兴）人。南宋著名爱国诗人。有《剑南诗稿》《渭南文集》存世。

② 颉颃：不相上下，相抗衡。

③ 幼安：辛弃疾（1140—1207），字幼安，号稼轩，历城（今山东济南）人。南宋著名爱国词人。

④ 祧：远祖的庙。

⑤ 梦窗：吴文英。

⑥ 萧统《陶渊明集·序》："横素波而傍流，干青云而直上。"

⑦ 龌龊：器量狭隘。

[译文]

南宋词人中，姜白石有格调而没有情致，陆放翁有气势而缺乏韵味。其中能够和北宋词人相抗衡的，只有一个辛幼安。近年的词人师法南宋而远祖北宋，认为南宋的词可以学习，北宋的词不可以学习。学习南宋的，不师法姜白石，就师法吴梦窗，认为姜白石、吴梦窗可以学习，辛幼安不可以学习。学习幼安的又大都师法他的粗犷、滑稽，认为他的粗犷、滑稽可以学习，长处却不可以学习。幼安词的长处，在于有真性情，有大境界。即使是以气象而论，也有"横素波、干青云"的气概，难道是后世那些器量狭隘的年轻人可以比拟的吗？

四四

东坡之词旷,稼轩之词豪。无二人之胸襟而学其词,犹东施之效捧心①也。

[注释]

① 东施之效捧心:传说古代美女西施因心痛而捧心皱眉,同村丑女东施认为很美,也学其捧心皱眉,别人认为更加丑陋。后用来比喻以丑拙强学美好,成语有"东施效颦"。

[译文]

东坡的词旷达,稼轩的词豪放。没有他们两人的胸襟气度而勉强学习他们的词,就会成为"东施效颦"的笑柄。

四五

读东坡、稼轩词,须观其雅量高致,有伯夷、柳下惠之风①。白石虽似蝉蜕②尘埃,然终不免局促辕下。③

[注释]

① 语见《孟子·尽心下》:"孟子曰:'圣人,百世之师也,伯夷、柳下惠是也。故闻伯夷之风者,顽夫廉、懦夫有立志。闻柳下惠之风者,薄夫敦、鄙夫宽。奋乎百世之上、百世之下,闻者莫不兴起也,非圣人而能若是乎?而况于亲炙之者乎?'"

② 蝉蜕:传说有道之人死后可以尸解成仙,好像蝉脱壳。

③局促辕下：牛马驾车，终受车辕限制。这里比喻填词为音韵技巧所束缚。

[译文]

读东坡、稼轩的词，必须体会他们雅正的器量、高远的情致，真有伯夷、柳下惠的流风余韵。白石的词虽然貌似超脱尘世，然而终究不免局限于填词的技巧。

四六

苏、辛，词中之狂。白石，犹不失为狷。若梦窗、梅溪、玉田、草窗、中麓辈①，面目不同，同归于乡愿②而已。

[注释]

① 玉田：张炎，字叔夏，号玉田，又号乐笑翁。临安（今浙江杭州）人。宋末词人，有《山中白云词》《词源》存世。草窗：周密，字公谨，号草窗、四水潜夫，吴兴（今属浙江）人。宋末词人。中麓：应作"西麓"，"中麓"为误记。陈允平，字君衡，号西麓，四明（今浙江宁波）人。宋末词人。

② 乡愿：指外表好似忠信廉洁，实际上与世俗同流合污的人。

[译文]

东坡、稼轩是词人中不受拘束的狂者，白石还可以算是洁身自好的狷者，像梦窗、梅溪、玉田、草窗、西麓这些词人，表现形式虽然不同，不过都是与世俗同流合污的人罢了。

四七

稼轩中秋饮酒达旦,用"天问体"作《木兰花慢》以送月曰:"可怜今夜月,向何处、去悠悠?是别有人间,那边才见,光景东头。"[1]词人想象,直悟月轮绕地之理,与科学家密合,可谓神悟。

[注释]

[1] 辛弃疾《木兰花慢》(中秋饮酒将旦,客谓:前人诗词,有赋待月,无送月者。因用"天问体"赋):"可怜今夕月,向何处、去悠悠?是别有人间,那边才见,光景东头。是天外空汗漫,但长风、浩浩送中秋。飞镜无根谁系?姮娥不嫁谁留?

谓经海底问无由。恍惚使人愁。怕万里长鲸,纵横触破,玉殿琼楼。虾蟆故堪浴水,问云何、玉兔解沈浮?若道都齐无恙,云何渐渐如钩?"

[译文]

稼轩中秋饮酒达旦,用"天问体"作《木兰花慢》以送月,词中说:"可怜今夕月,向何处、去悠悠?是别有人间,那边才见,光景东头。"词人丰富的想象力,直接领悟到月亮围绕地球旋转的道理,和现代科学家的发现完全一致,真可以称得上是神悟。

四八

周介存谓:"梅溪词中,喜用'偷'字,足以定出其品格。"① 刘融斋谓:"周旨荡而史意贪。"② 此二语令人解颐。

[注释]

① 史达祖曾做过南宋权相韩侂胄的堂吏,受其倚重。韩失败后,达祖也被判罪,世人认为他人品有缺陷。

② 刘熙载《艺概》卷四《词曲概》:"周美成律最精审。史邦卿句最警炼。然未得为君子之词者,周旨荡而史意贪也。"

[译文]

周介存认为:"史达祖的词中喜爱使用'偷'字,这足可以评定他的品格。"刘融斋认为:"周邦彦词意旨放荡而史达祖词意旨贪婪。"这两则词评不禁令人失笑。

四九

介存谓:梦窗词之佳者,如"水光云影,摇荡绿波,抚玩无极,追寻已远"。① 余览《梦窗甲乙丙丁稿》中,实无足当此者。有之,其"隔江人在雨声中,晚风菰叶生秋怨"② 二语乎?

[注释]

① 周济《介存斋论词杂著》云:"梦窗非无生涩处,总胜空

滑。况其佳者，天光云影，摇荡绿波；抚玩无斁，追寻已远。"

② 吴文英《踏莎行》："润玉笼绡，檀樱倚扇。绣圈犹带脂香浅。榴心空叠舞裙红，艾枝应压愁鬟乱。 午梦千山，窗阴一箭。香瘢新褪红丝腕。隔江人在雨声中，晚风菰叶生秋怨。"

[译文]

周介存认为：吴梦窗词中的佳作，就好像倒映在水光中的云影，在绿波间摇曳荡漾，让人玩赏回味无穷，但是真的要追寻它，却又渐行渐远。我读吴文英的《梦窗甲乙丙丁稿》，其中实在没有当得起这般评价的。如果说有的话，难道是"隔江人在雨声中，晚风菰叶生秋怨"两句吗？

五〇

梦窗之词，吾得取其词中一语以评之，曰："映梦窗凌乱碧。"① 玉田之词，余得取其词中之一语以评之，曰："玉老田荒"②。

[注释]

① 引词有误，"凌"应作"零"。吴文英《秋思》（荷塘，为括苍名姝求赋其听雨小阁）："堆枕香鬟侧。骤夜声，偏称画屏秋色。风碎串珠，润侵歌板，愁压眉窄。动罗箑清商，寸心低诉叙怨抑。映梦窗零乱碧。待涨绿春深，落花香泛，料有断红流处，暗题相忆。 欢酌。檐花细滴。送故人，粉黛重饰。漏侵琼瑟，丁东敲断，弄晴月白。怕一曲《霓裳》未终，催去骖凤翼。

叹谢客犹未识。漫瘦却东阳,灯前无梦到得。路隔重云雁北。"

②张炎《祝英台近》(与周草窗话旧):"水痕深,花信足。寂寞汉南树。转首青阴,芳事顿如许。不知多少消魂,夜来风雨。犹梦到、断红流处。 最无据。长年息影空山。愁入庚郎句。玉老田荒,心事已迟暮。几回听得啼鹃,不如归去。终不似、旧时鹦鹉。"

[译文]

梦窗的词,我可以从他的词中摘取一句作为评语,就是:"映梦窗零乱碧。"玉田的词,我也能够从他的词中摘取一句作为评语,就是:"玉老田荒。"

五一

"明月照积雪"①、"大江流日夜"②、"中天悬明月"③、"黄河落日圆"④,此种境界,可谓千古壮观。求之于词,唯纳兰容若塞上之作,如《长相思》之"夜深千帐灯"⑤、《如梦令》之"万帐穹庐人醉,星影摇摇欲坠"⑥差近之。

[注释]

①谢灵运《岁暮》:"殷忧不能寐,苦此夜难颓。明月照积雪,朔风劲且哀。运往无淹物,年逝觉已催。"

②谢朓《暂使下都夜发新林至京邑赠西府同僚》:"大江流日夜,客心悲未央。徒念关山近,终知反路长。秋河曙耿耿,寒渚夜苍苍。引顾见京室,宫雉正相望。金波丽鳷鹊,玉绳低

建章。驱车鼎门外，思见昭丘阳。驰晖不可接，何况隔两乡？风云有鸟路，江汉限无梁。常恐鹰隼击，时菊委严霜。寄言戢罗者，寥廓已高翔。"

③ 杜甫《后出塞·其二》，见第8页注②。

④ 引句有误，"黄河"应作"长河"。王维《使至塞上》："单车欲问边，属国过居延。征蓬出汉塞，归雁入胡天。大漠孤烟直，长河落日圆。萧关逢候骑，都护在燕然。"

⑤ 纳兰容若：纳兰性德，原名成德，字容若，号楞伽山人，满洲正黄旗人。清康熙时著名词人，有《饮水词》。《长相思》："山一程，水一程。身向榆关那畔行，夜深千帐灯。风一更，雪一更。聒碎乡心梦不成，故园无此声。"

⑥ 纳兰性德《如梦令》："万帐穹庐人醉，星影摇摇欲坠。归梦隔狼河，又被河声搅碎。还睡，还睡。解道醒来无味。"

[译文]

"明月照积雪"、"大江流日夜"、"中天悬明月"、"长河落日圆"，这样的"境界"，可以说是千古壮观。在词中寻求这样的"境界"，只有纳兰容若在边塞写的作品，如《长相思》中的"夜深千帐灯"、《如梦令》中的"万帐穹庐人醉，星影摇摇欲坠"稍稍相近。

五二

纳兰容若以自然之眼观物，以自然之舌言情。此由初入中原，未染汉人风气，故能真切如此。北宋以来，一人而已。

[译文]

纳兰容若以自然的眼光观照外物,用自然的口吻抒写感情。这是因为满人初入中原,还没有沾染汉人喜爱文饰的风气,所以能够如此真切。北宋以来,只有他一个人能够这样呀!

五三

陆放翁跋《花间集》,谓:"唐季五代,诗愈卑,而倚声者辄简古可爱。能此不能彼,未可以理推也。"①《提要》驳之,谓:"犹能举七十斤者,举百斤则蹶,举五十斤则运掉自如。"② 其言甚辨。然谓词必易于诗,余未敢信。善乎陈卧子③之言曰:"宋人不知诗而强作诗,故终宋之世无诗。然其欢愉愁苦之致,动于中而不能抑者,类发于诗余,故其所造独工。"④ 五代词之所以独胜,亦以此也。

[注释]

① 引文有误,"未可"应作"未易"。

② 《四库全书总目提要》集部词曲类一《花间集》:"后有陆游二跋。……其二称,'唐季五代,诗愈卑,而倚声者辄简古可爱。能此不能彼,未易以理推也。'不知文之体格有高卑,人之学力有强弱。学力不足副其体格,则举之不足。学力足以副其体格,则举之有余。律诗降于古诗,故中晚唐古诗多不工,而律诗则时有佳作。词又降于律诗,故五季人诗不及唐,词乃

独胜。此犹能举七十斤者，举百斤则蹶，举五十则运掉自如，有何不可理推乎？"

③ 陈卧子：陈子龙，字卧子，号大樽，松江华亭（今上海松江）人。明末爱国文学家，有《湘真阁》诸稿。

④ 引文有误，"欢愉愁苦"应作"欢愉愁怨"。《王介人诗余·序》："宋人不知诗而强作诗。其为诗也，言理而不言情，故终宋之世无诗焉。然宋人亦不可免于有情也。故凡其欢愉愁怨之致，动于中而不能抑者，类发于诗余，故其所造独工，非后世可及。盖以沈至之思而出之必浅近，使读之者骤遇如在耳目之表，久诵而得沈永之趣，则用意难也。以偾利之词，而制之实工炼，使篇无累句，句无累字，圆润明密，言如贯珠，则铸词难也。其为体也纤弱，所谓明珠翠羽，尚嫌其重，何况龙鸾？必有鲜妍之姿，而不藉粉泽，则设色难也。其为境也婉媚，虽以警露取妍，实贵含蓄，有余不尽，时在低回唱叹之际，则命篇难也。惟宋人专力事之，篇什既多，触景皆会。天机所启，若出自然。虽高谈大雅，而亦觉其不可废。何则？物有独至，小道可观也。"

[译文]

陆放翁在《花间集》的跋中谈道："唐末五代，诗歌的格调越来越低下，然而能够配乐的词却简明古朴，令人喜爱。能够写出好词却不能够写出好诗，很难讲出道理来。"《四库提要》批驳道："这就好像能举起七十斤的人，举一百斤就会摔倒，举五十斤就收放自如。"话说得很有道理。然而认为填词就一定比作诗容易，我不敢认同这种批评。还是陈卧子说得好："宋人不懂诗而勉强作诗，所以整个宋代就没有真正的诗歌。不过，宋人也难免有喜怒哀乐的情感,发自内心不吐不快,大多都在词中抒发,所以宋词的成就最为突出。"五代的词之所以独树一帜,也是这个原因。

五四

四言敝而有楚辞,楚辞敝而有五言,五言敝而有七言,古诗敝而有律绝,律绝敝而有词。盖文体通行既久,染指遂多,自成习套。豪杰之士,亦难于其中自出新意,故遁而作他体,以自解脱。一切文体所以始盛终衰者,皆由于此。故谓文学后不如前,余未敢信。但就一体论,则此说固无以易也。

[译文]

四言诗凋敝而有楚辞,楚辞凋敝而有五言诗,五言诗凋敝而有七言诗,古体诗凋敝而有近体的律诗、绝句,律诗、绝句凋敝而有词。一种文学体裁流行的时间长了,运用这种文体的人就越多,自然就会形成陈习俗套。即使是不拘一格的豪杰之士,也很难在其中别出新意,所以就抛开此文体去创作其他的体裁,来自我解脱。一切文学体裁之所以开始繁盛,最终衰败,都是这个原因。因此,那些批评后世文学不如前代的言论,我是不大赞同的。但仅就一种体裁而言,那么这种说法还是不容置疑的。

五五

诗之《三百篇》、《十九首》,词之五代、北宋,皆无题也。① 非无题也,诗词中之意,不能以题尽之也。自《花庵》、《草堂》②每调立题,并古人无题之词亦为之作题。如观一幅佳山水,而即曰此某山某河,可乎?诗有题而诗亡,词有题而词亡,然中材之士,鲜能知此而自振拔者矣。

[注释]

①《诗经》以首句开头两字为题,《古诗十九首》以首句为题。五代、北宋词以词牌为题。

②《花庵》:《花庵词选》,词总集,共二十卷,选唐五代和两宋的作品,南宋黄昇编。黄昇,号玉林,又号花庵词客。《草堂》:《草堂诗余》,词总集,题何士信编集。原编二卷,今传本前后二集,各二卷,主要选录宋人词,间有唐、五代作品。

[译文]

《诗经》、《古诗十九首》,五代和北宋词都没有题目,其实并不是不标题目,而是诗词中的意蕴,不能够用题目来概括无遗。自从《花庵词选》《草堂诗余》才开始在每个词牌下标立题目,并且为古人没有题目的词也标立题目。比如观赏一幅绝佳的山水画,马上说这是某地的山、某地的河,可以吗?诗有了题目而后诗走向衰亡,词有了题目而后词走向衰亡。然而,平庸的文士,很少有人能够懂得这一点而超脱凡俗卓然自立的。

五六

大家之作,其言情也必沁人心脾,其写景也必豁人耳目。其辞脱口而出,无矫揉妆束之态。以其所见者真,所知者深也。诗词皆然。持此以衡古今之作者,可无大误也。

[译文]

大家的作品,言情必定感人肺腑,写景必定耳目一新。辞句脱口而出,没有矫揉造作过分修饰的姿态。这是因为他们观察真切,了解深入呀!诗词都是如此。用这个标准来衡量古往今来的作者,应该不会有大的偏差和失误。

五七

人能于诗词中不为美刺投赠之篇,不使隶事①之句,不用粉饰之字,则于此道已过半矣。

[注释]

① 隶事:用故事相隶属,谓引用典故。

[译文]

诗人能够在诗词中不写赞美、讥刺、拜见赠答的篇章,不使用堆砌典故的句子,不使用华丽粉饰的词藻,那么,对于创作之道已经领悟大半了。

五八

以《长恨歌》之壮采,而所隶之事,只"小玉、双成"四字①,才有余也。梅村歌行②,则非隶事不办。白、吴③优劣,即于此见。不独作诗为然,填词家亦不可不知也。

[注释]

① "小玉、双成":白居易《长恨歌》中有"金阙西厢扣玉扃,转教小玉报双成。"小玉,相传为吴王夫差的女儿。双成,姓董,相传为西王母的侍女。在这里都借指杨玉环的侍女。

② 梅村:吴伟业,字骏公,号梅村,大仓(今属江苏)人。清初著名文学家。长于七言歌行,《圆圆曲》咏吴三桂、陈圆圆事。

③ 白、吴:白居易、吴伟业。白居易,字乐天,晚号香山居士。唐代大诗人。

[译文]

《长恨歌》文采壮美,但诗中所运用的典故,只有"小玉、双成"四个字,这是因为才华绰绰有余。吴梅村的歌行,则不用典故就无法完成。白、吴二人孰优孰劣,从这一点就可以看出。不单单写诗是这样,填词的人也不可以不懂这一点。

五九

近体诗①体制,以五、七言绝句为最尊,律诗次之,排律最下。盖此体于寄兴言情,两无所当,殆有韵之骈体文耳。词中小令如绝句,长调似律诗,若长调之《百字令》《沁园春》等,则近于排律矣。

[注释]

①近体诗:又称今体诗,唐代形成的律诗和绝句的通称,以区别于唐代以前已产生的诗的形式"古体诗"。

[译文]

近体诗的体制,以五言、七言绝句为最高,律诗其次,排律最下。因为排律对于寄托比兴、抒发情感都不太适合,几乎是有韵的骈体文。词中的小令好像诗中的绝句,长调好像律诗,像长调的《百字令》《沁园春》等,就近似于排律了。

六〇

诗人对宇宙人生,须入乎其内,又须出乎其外。入乎其内,故能写之。出乎其外,故能观之。入乎其内,故有生气。出乎其外,故有高致。美成能入而不出。白石以降,于此二事皆未梦见。

[译文]

诗人对于宇宙人生，必须能够进入其中，又必须能够跳出其外。进入其中，所以能够描写它。出乎其外，所以能够观察它。进入其中，所以才会有生气。出乎其外，所以才会有高致。美成能够进入而不能跳出，白石以下的词人，对这两点做梦也体会不到。

六一

诗人必有轻视外物之意，故能以奴仆命风月。又必有重视外物之意，故能与花鸟共忧乐。

[译文]

诗人必须有轻视外物的心态，所以能够把风花雪月当作奴仆来役使；又必须有重视外物的心态，所以能够与花鸟鱼虫同忧共乐。

六二

"昔为倡家女，今为荡子妇。荡子行不归，空床难独守。"①"何不策高足，先据要路津？无为久贫贱，轗轲长苦辛。"②可谓淫鄙之尤。然无视为淫词、鄙词者，以其真也。五代北宋之大词人亦然。非无淫词，读之但觉其亲切动人。非无鄙词，但觉其精力弥满。可知淫词与鄙词之病，非淫与鄙之病，而游词③之病也。"岂不尔思，室是远而。"而子曰："未之思也，夫何远之有？"④恶其游也。

[注释]

① 《古诗十九首·其二》："青青河畔草，郁郁园中柳。盈盈楼上女，皎皎当窗牖。娥娥红粉妆，纤纤出素手。昔为倡家女，今为荡子妇。荡子行不归，空床难独守。"

② 引诗有误，"久贫贱"应作"守穷贱"。《古诗十九首·其四》："今日良宴会，欢乐难具陈。弹筝奋逸响，新声妙入神。令德唱高言，识曲听其真。齐心同所愿，含意俱未申。人生寄一世，奄忽若飙尘。何不策高足，先据要路津？无为守穷贱，轗轲长苦辛。"

③ 金应圭《词选》后序："规模物类，依托歌舞。哀乐不衷其性，虑叹无与乎情。连章累篇，义不出乎花鸟。感物指事，理不外乎酬应。虽既雅而不艳，斯有句而无章。是谓游词。"

④ 《论语·子罕》："唐棣之华，偏其反而。岂不尔思，室是远而。子曰：未之思也，夫何远之有？"

[译文]

"昔为倡家女，今为荡子妇。荡子行不归，空床难独守。""何不策高足，先据要路津？无为守穷贱，轗轲长苦辛。"可以说是淫荡鄙俗到极点了，然而没有人把它看作淫词、俗词，是因为情感真实。五代、北宋的大词人也是如此，他们不是没有淫词，但读后却只觉得亲切动人；不是没有俗词，但读后觉得精力饱满。由此可以知道淫词与俗词的毛病，不在于淫荡鄙俗,而在于虚假粉饰!对于"岂不尔思,室是远而"这样的诗句,孔子批评说:"是没有想念呀!如果真的想念,有什么遥远呢?"这是厌恶它的言不由衷。

六三

"枯藤老树昏鸦。小桥流水平沙。古道西风瘦马。夕阳西下。断肠人在天涯。"此元人马东篱《天净沙》小令也。①寥寥数语,深得唐人绝句妙境。有元一代词家,皆不能办此也。

[注释]

①马东篱:马致远,字千里,号东篱,大都(今北京)人。元曲四大家之一。其《天净沙》,通行本作"枯藤老树昏鸦,小桥流水人家,古道西风瘦马。夕阳西下,断肠人在天涯。"

[译文]

"枯藤老树昏鸦。小桥流水平沙。古道西风瘦马。夕阳西下。断肠人在天涯。"这是元人马东篱的《天净沙》小令。寥寥数语,深得唐人绝句的美妙境界。元代所有的曲作家,都不能够达到这种境界。

六四

白仁甫①《秋夜梧桐雨》剧②,沈雄悲壮,为元曲冠冕。然所作《天籁词》③,粗浅之甚,不足为稼轩奴隶。岂创者易工,而因者难巧欤?抑人各有能与不能也?读者观欧、秦之诗远不如词,足透此中消息。

[注释]

① 白仁甫:白朴,字太素,一字仁甫,号兰谷。汴梁(今河南开封)人。元曲四大家之一。

②《秋夜梧桐雨》:即《梧桐雨》,全名《唐明皇秋夜梧桐雨》,是元杂剧代表作之一,取材于唐人陈鸿的小说《长恨歌传》,描写唐明皇李隆基与杨贵妃爱情的悲剧。

③《天籁词》:即《天籁集》,白朴词集。

[译文]

白仁甫的《秋夜梧桐雨》杂剧,沉雄悲壮,是元杂剧的最优秀作品之一。然而他所作的《天籁词》,却粗浅至极,连成为稼轩的奴仆都不够资格。难道是创新者容易工致,因袭者难于精巧吗?还是人各有擅长或不擅长的文体导致的呢?读者看欧阳修、秦观的诗歌远远不如他们的词,足可以透露其中的奥秘。

宣统庚戌九月脱稿于京师定武城南寓庐

人间词话·未刊稿

一

白石之词,余所最爱者,亦仅二语,曰:"淮南皓月冷千山,冥冥归去无人管。"①

[注释]

① 姜夔《踏莎行》(自沔东来,丁未元日至金陵,江上感梦而作):"燕燕轻盈,莺莺娇软,分明又向华胥见。夜长争得薄情知,春初早被相思染。 别后书辞,别时针线,离魂暗逐郎行远。淮南皓月冷千山,冥冥归去无人管。"

[译文]

姜白石的词,我最欣赏的也只有两句,即:"淮南皓月冷千山,冥冥归去无人管。"

二

诗至唐中叶以后,殆为羔雁之具①矣。故五代、北宋之诗,佳者绝少,而词则为其极盛时代。即诗、词兼擅如永叔、少游者,词胜于诗远甚。以其写之于诗者,不若写之于词者之真也。至南宋以后,词亦为羔雁之具,而词亦替矣。②此亦文学升降之一关键也。

[注释]

① 羔雁:小羊和雁。古代卿大夫见面时赠送的礼品。羔雁

之具,比喻应酬的礼品,即应酬品。

②王国维《文学小言》第十三条此下有"除稼轩一人外"注。

[译文]

诗到了唐代中期以后,几乎成为应酬赠答的工具。所以五代、北宋的诗,佳作很少,而词则到了极其繁盛的时期。就是诗词都擅长的欧阳永叔、秦少游,他们的词也远远胜于诗歌。这是因为在诗歌中表现的感情,不如在词中表现得真切呀!到了南宋以后,词也成为应酬赠答的工具,因而词也就走向衰落。这也是文学兴衰的重要原因之一。

三

曾纯甫中秋应制,作《壶中天慢》词,自注云:"是夜,西兴亦闻天乐。"①谓宫中乐声,闻于隔岸也。毛子晋谓:"天神亦不以人废言。"②近冯梦华复辨其诬。③不解"天乐"二字文义,殊笑人也。

[注释]

①曾纯甫:曾觌,字纯甫,号海野老农,汴京人。南、北宋之交词人,有《海野词》。《壶中天慢》(此进御月词也。上皇大喜曰:"从来月词,不曾用'金瓯'事,可谓新奇。"赐金束带、紫番罗、水晶碗。上亦赐宝盏。至一更五点回宫。是夜,西兴亦闻天乐焉):"素飙漾碧,看天衢稳送,一轮明月。翠水

瀛壶人不到，比似世间秋别。玉手瑶笙，一时同色，小按《霓裳》叠。天津桥上，有人偷记新阕。　当日谁幻银桥，阿瞒儿戏，一笑成痴绝。肯信群仙高宴处，移下水晶宫阙。云海尘清，山河影满，桂冷吹香雪。何劳玉斧，金瓯千古无缺。"案：曾觌此词，原为《海野词》不载，毛晋据《武林旧事》卷七补录，并注调名下小字，非曾自注。

②毛子晋：毛晋，字子晋，号潜在，常熟（今属江苏）人。明清之际学者，藏书家。《宋六十名家词》毛晋跋《海野词》："进月词，一夕西兴，共闻天乐，岂天神亦不以人废言耶？"

③冯梦华：冯煦，字梦华，号蒿庵，江苏金坛人。近代词人。编有《宋六十家词选》。冯煦《宋六十一家词选例言》："曾纯甫赋进御月词，其自记云：'是夜，西兴亦闻天乐。'子晋遂谓天神亦不以人废言。不知宋人每好自神其说。白石道人尚欲以巢湖风驶归功于平调《满江红》，于海野何讥焉？"

[译文]

曾纯甫中秋时应制，作《壶中天慢》词，自注说："这天夜里，西兴也可以听到天上的音乐。"说的是皇宫中的音乐，在西湖对岸能够听到。毛子晋却解释为："天上的神灵也不因人废言。"近代冯梦华批评毛的错误，竟不了解"天乐"的真正含义，真是让人为之发笑！

四

北宋名家以方回①为最次。其词如历下②、

新城③之诗,非不华瞻,惜少真味。

[注释]

①方回:贺铸,字方回,号庆湖遗老,卫州(今河南汲县)人。北宋词人。

②历下:李攀龙,字于鳞,号沧溟,山东历城人。明代文学家,"后七子"之一。

③新城:即王士禛,字子真,一字贻上,号阮亭,又号渔洋山人。清代著名诗人、诗论家。因其为山东新城(今桓台)人,故称。

[译文]

北宋著名词人中,贺铸水平最低。他的词就像李攀龙、王士禛的诗,并非文辞不华美富丽,可惜缺乏真情实意。

五

散文易学而难工,韵文难学而易工。近体诗易学而难工,古体诗难学而易工。小令易学而难工,长调难学而易工。

[译文]

散文容易学却难以工致,韵文难学而容易工致。近体诗容易学却难以工致,古体诗难学而容易工致。小令容易学却难以工致,长调难学而容易工致。

六

古诗云:"谁能思不歌?谁能饥不食?"①诗词者,物之不得其平而鸣者也。②故欢愉之辞难工,愁苦之言易巧。③

[注释]

① 南朝乐府《子夜歌》:"谁能思不歌?谁能饥不食?日冥当户倚,惆怅底不忆?"

② 韩愈《送孟东野序》:"大凡物不得其平则鸣,……人之于言也亦然。有不得已者而后言,其歌也有思,其哭也有怀。凡出乎而为声者,其皆有弗平者乎?"

③ 韩愈《荆潭倡和诗序》:"夫和平之音淡薄,而愁思之声要妙,观愉之词难工,而穷苦之言易好也。是故文章之作,恒发于羁旅草野。至若王公贵人,气满志得,非性能而好之,则不暇以为。"

[译文]

古诗曰:"谁能思不歌?谁能饥不食?"诗词,是遇事不平而引发出的鸣唱,所以抒写欢欣愉悦的诗词难以工致,描写穷困愁苦的诗词容易精巧。

七

社会上之习惯,杀许多之善人。文学上之习惯,杀许多之天才。

[译文]

社会上的陈规陋习,扼杀了许多善人;文学上的陈规陋习,扼杀了许多天才。

八

词家多以景寓情。其专作情语而绝妙者,如牛峤之"甘作一生拼,尽君今日欢"、① 顾敻之"换我心为你心,始知相忆深"、② 欧阳修之"衣带渐宽终不悔,为伊消得人憔悴"、③ 美成之"许多烦恼,只为当时,一饷留情",④ 此等词,求之古今人词中,曾不多见。

[注释]

① 牛峤:字松卿,又字延峰,陇西(今属甘肃)人。五代后蜀词人。引词有误,"甘"应作"须"。《菩萨蛮》:"玉炉冰簟鸳鸯锦,粉融香汗流山枕。帘外辘轳声,敛眉含笑惊。 柳阴烟漠漠,低鬓蝉钗落。须作一生拼,尽君今日欢。"

② 顾敻:五代后蜀词人。善写艳词。《诉衷情》二首之一:"永夜抛人何处去?绝来音。香阁掩,眉敛月将沉。 争忍不相寻?怨孤衾。换我心,为你心,始知相忆深。"

③ 这两句词出自柳永《凤栖梧》。见第26页注②。

④ 周邦彦《庆宫春》:"云接平冈,山围寒野,路回渐转孤城。衰柳啼鸦,惊风驱雁,动人一片秋声。倦途休驾,淡烟里,微茫见星。尘埃憔悴,生怕黄昏,离思牵萦。 华堂旧日

逢迎。花艳参差，香雾飘零。弦管当头，偏怜娇凤，夜深簧暖笙清。眼波传意，恨密约，匆匆未成。许多烦恼，只为当时，一饷留情。"

[译文]

词人大多以景寓情，那些专写情语而绝妙的，如牛峤的"须作一生拼，尽君今日欢"、顾夐的"换我心为你心，始知相忆深"、欧阳修的"衣带渐宽终不悔，为伊消得人憔悴"、美成的"许多烦恼，只为当时，一饷留情"，这一类词从古至今，也是不多见的。

九

词之为体，要眇宜修①。能言诗之所不能言，而不能尽言诗之所能言。诗之境阔，词之言长。

[注释]

①要眇宜修：屈原《九歌·湘君》："君不行兮夷犹，蹇谁留兮中洲，美要眇兮宜修。"要眇，美好的样子。宜修，修饰打扮恰到好处。

[译文]

词这种体裁，注重情感、修辞的美好适当。能够抒写诗歌不善于表现的情感，而不能够抒写诗歌表达的所有情感。诗的境界开阔，词的韵味悠长。

一〇

言气质，言神韵，不如言境界。有境界，本也。气质、神韵，末也。有境界而二者随之矣。

[译文]

诗词说气质，说神韵，不如说境界。境界是根本，气质、神韵是从属。诗词有了境界，气质、神韵便随之而来。

一一

"西风吹渭水，落日满长安。"① 美成以之入词②，白仁甫以之入曲③，此借古人之境界为我之境界者也。然非自有境界，古人亦不为我用。

[注释]

① 引文有误。贾岛《忆江上吴处士》："闽国扬帆去，蟾蜍亏复圆。秋风吹渭水，落叶满长安。此夜聚会夕，当时雷雨寒。兰桡殊未返，消息海云端。"

② 周邦彦《齐天乐·秋思》："绿芜凋尽台城路，殊乡又逢秋晚。暮雨生寒，鸣蛩劝织，深阁时闻裁剪。云窗静掩。叹重拂罗裀，顿疏花簟。尚有练囊，露萤清夜照书卷。 荆江留滞最久，故人相望处，离思何限？渭水西风，长安乱叶，空忆诗情宛转。凭高眺远。正玉液新篘，蟹螯初荐。醉倒山翁，但愁斜照敛。"

③白朴《双调德胜乐·秋》："玉露冷，蛩吟砌。听落叶西风渭水。寒雁儿长空嘹唳。陶元亮醉在东篱。"又《梧桐雨》杂剧第二折《普天乐》："恨无穷，愁无限。争奈仓卒之际，避不得蓦岭登山。銮驾迁，成都盼。更那堪浐水西飞雁，一声声送上雕鞍。伤心故园，西风渭水，落日长安。"

[译文]

"秋风吹渭水，落叶满长安。"周邦彦把这种境界写入词中，白仁甫把这种境界写入曲中，这是借古人的境界成为自己的境界。然而，如果不是自己的作品具有境界，古人的境界也不会为我所用。

一二

长调自以周、柳、苏、辛为最工。美成《浪淘沙慢》二词①，精壮顿挫，已开北曲②之先声。若屯田之《八声甘州》③、东坡之《水调歌头》④，则伫兴之作，格高千古，不能以常调论也。

[注释]

①周邦彦《浪淘沙慢》："晓阴重，霜凋岸草，雾隐城堞。南陌脂车待发，东门帐饮乍阕。正拂面、垂杨堪揽结。掩红泪、玉手亲折。念汉浦离鸿去何许，经时信音绝。　情切。望中地远天阔。向露冷风清无人处，耿耿寒漏咽。嗟万事难忘，唯是轻别。翠尊未竭，凭断云、留取西楼残月。罗带光销纹衾叠。连环解、旧香顿歇。怨歌永、琼壶敲尽缺。恨春去、不与人期，

弄夜色、空余满地梨花雪。"

又一阕："万叶战，秋声露结，雁度沙碛。细草和烟尚绿，遥山向晚更碧。见隐隐、云边新月白。映落照、帘幕千家，听数声、何处倚楼笛？装点尽秋色。　脉脉。旅情暗自消释。念珠玉、临水犹悲感，何况天涯客？忆少年歌酒，当时踪迹。岁华易老，衣带宽、懊恼心肠终窄。飞散后、风流人阻。兰桥约、怅恨路隔。马蹄过、犹嘶旧巷陌。叹往事、一一堪伤，旷望极。凝思又把阑干拍。"

② 北曲：指宋金以来北方诸宫调、散曲和杂剧所用的各种曲调，声调刚健朴实、豪放雄壮。元杂剧基本上用北曲，所以也用来专指元杂剧。

③ 屯田：柳永，官至屯田员外郎，故世称柳屯田。《八声甘州》："对潇潇暮雨洒江天，一番洗清秋。渐霜风凄紧，关河冷落，残照当楼。是处红衰翠减，苒苒物华休。惟有长江水，无语东流。　不忍登高临远，望故乡渺邈，归思难收。叹年来踪迹，何事苦淹留。想佳人、妆楼颙望，误几回、天际识归舟。争知我、倚阑干处、正恁凝愁。"

④ 苏轼《水调歌头》（丙辰中秋，欢饮达旦，大醉，作此篇，兼怀子由）："明月几时有？把酒问青天。不知天上宫阙，今夕是何年？我欲乘风归去，又恐琼楼玉宇，高处不胜寒。起舞弄清影，何似在人间？　转朱阁，低绮户，照无眠。不应有恨，何事长向别时圆？人有悲欢离合，月有阴晴圆缺，此事古难全。但愿人长久，千里共婵娟。"

[译文]

　　长调自然是以周邦彦、柳永、苏轼、辛弃疾的作品最为工致。周邦彦《浪淘沙慢》二词，精力饱满，抑扬顿挫，已经开了元曲的先声。像柳永的《八声甘州》、苏轼的《水调歌头》，都是登临抒怀的即兴佳作，格调高绝千古，不能够以寻常的词来评判。

一三

稼轩《贺新郎》词"送茂嘉十二弟"①，章法绝妙。且语语有境界，此能品②而几于神者。然非有意为之，故后人不能学也。

[注释]

① 辛弃疾《贺新郎·送茂嘉十二弟》："绿树听鹈鴂。更那堪、鹧鸪声住，杜鹃声切！啼到春归无寻处，苦恨芳菲都歇。算未抵、人间离别。马上琵琶关塞黑，更长门翠辇辞金阙。看燕燕，送归妾。 将军百战身名裂。向河梁、回头万里，故人长绝。易水萧萧西风冷，满座衣冠似雪。正壮士、悲歌未彻。啼鸟还知如许恨，料不啼清泪长啼血。谁共我，醉明月？"

② 能品：古人评论书画的三种标准之一。《图绘宝鉴》卷一："气韵生动，出于天成，人莫窥其巧者，谓之神品；笔墨超绝，傅染得宜，意趣有余者，谓之妙品；得其形似而不失规矩者，谓之能品。"

[译文]

辛弃疾《贺新郎》词"送茂嘉十二弟"，结构布局非常巧妙，而且每一句都有境界，这是能品中近乎神品的词。然而他并不是有意这样去写，所以后人无法效仿他。

一四

稼轩《贺新郎》词："柳暗凌波路。送春归猛风暴雨，一番新绿。"① 又，《定风波》词："从此酒酣明月夜。耳热。"② "绿"、"热"二字，皆作上去用。与韩玉《东浦词·贺新郎》③以"玉"、"曲"叶"注"、"女"，《卜算子》以"夜"、"谢"叶"食"、"月"，④已开北曲四声通押之祖。

[注释]

① 辛弃疾《贺新郎》："柳暗凌波路。送春归猛风暴雨，一番新绿。千里潇湘葡萄涨，人解扁舟欲去。又樯燕、留人相语。艇子飞来生尘步，唾花寒、唱我新番句。波似箭，催鸣橹。

黄陵祠下山无数。听湘娥、泠泠曲罢，为谁情苦？行到东吴春已暮，正江阔潮平稳渡。望金雀觚棱翔舞。前度刘郎今重到，问玄都、千树花存否？愁为倩，么弦诉。"

② 辛弃疾《定风波·自和》："金印累累佩陆离，河梁更赋断肠诗。莫拥旌旗真个去。何处？玉堂元自要论思。 且约风流三学士，同醉。春风看试几枪旗。从此酒酣明月夜。耳热。那边应是说侬时。"

③ 韩玉：字温甫，南宋词人，与辛弃疾同时，著有《东浦词》。《贺新郎·咏水仙》："绰约人如玉。试新妆娇黄半绿，汉宫匀注。倚傍小栏闲凝伫，翠带风前似舞。记洛浦、当年俦侣。

罗袜尘生香冉冉,料征鸿、微步凌波女。惊梦断,楚江曲。春工若见应为主。忍教都、闲亭邃馆,冷风凄雨。待把此花都折取,和泪连香寄与。须信道、离情如许。烟水茫茫斜照里,是骚人《九辨》《招魂》处。千古恨,与谁语?"

④ "食"当作"节","食"在词中既非韵,在词韵中与"月"又非同部,应为笔误。韩玉《卜算子》:"杨柳绿成阴,初过寒食节。门掩金铺独自眠,那更逢寒夜。 强起立东风,惨惨梨花谢。何事王孙不早归?寂寞秋千月。"

[译文]

稼轩的《贺新郎》词:"柳暗凌波路。送春归猛风暴雨,一番新绿。"又,《定风波》词:"从此酒酣明月夜。耳热。""绿"、"热"二字,都当作上声、去声来用。与韩玉《东浦词》的《贺新郎》"玉"、"曲"押"注"、"女"韵,《卜算子》用"夜"、"谢"押"节"、"月"韵,是元曲四声可以通押的开山之祖。

一五

谭复堂①《箧中词选》谓:"蒋鹿潭②《水云楼词》与成容若③、项莲生④,三⑤百年间,分鼎三足。"然《水云楼词》小令颇有境界,长调惟存气格。《忆云词》亦精实有馀,超逸不足,皆不足与容若比。然视皋文、止庵辈,则偏乎⑥远矣。

[注释]

① 谭复堂:谭献,字仲修,号复堂。浙江仁和(今杭州)

人。晚清词人,论词宗常州词派,有《复堂类集》,曾选清人词为《箧中词》。

② 蒋鹿潭:蒋春霖,字鹿潭,江苏江阴人。清后期词人,有《水云楼词》。

③ 成容若:即纳兰性德。见第51页注⑤。

④ 项莲生:项鸿祚,字莲生,浙江钱塘(今杭州)人。晚清词人,有《忆云词甲乙丙丁稿》。

⑤ 依《箧中词》卷五应作"二"。

⑥ 倜乎:突出,特殊。

[译文]

谭复堂在《箧中词》中谈道:"蒋鹿潭《水云楼词》与纳兰容若、项莲生在两百年来的词坛上,三足鼎立。"然而《水云楼词》小令虽很有境界,长调却只保留着气韵格调。《忆云词》精炼充实有余,超脱俊逸不足,都不足以和纳兰容若相比。然而比起张惠言、周济这些人,还是远远超出其上!

一六

词家时代之说,盛于国初。竹垞谓:词至北宋而大,至南宋而深。① 后此词人,群奉其说。然其中亦非无具眼② 者。周保绪曰:"南宋下不犯北宋拙率之病,高不到北宋浑涵之诣。"又曰:"北宋词多就景叙情,故珠圆玉润,四照玲珑。至稼轩、白石,一变而为即事叙景,使深者反浅,曲者反直。"③ 潘四农德舆曰:"词滥觞于唐，畅于五代，而意格之闳深曲挚，则莫盛于北宋。词之有北宋，犹诗之有盛唐。至南宋则稍衰矣。"④刘融斋曰："北宋词用密亦疏、用隐亦亮、用沈亦快、用细亦阔、用精亦浑。南宋只是掉转过来。"⑤可知此事自有公论。虽止庵词颇浅薄，潘、刘尤甚。然其推尊北宋，则与明季云间诸公⑥，同一卓识也。

[注释]

① 竹垞：朱彝尊（1629—1709），字锡鬯，号竹垞，浙江秀水（今嘉兴）人。清学者、词人，词宗姜夔、张炎，是浙派词的创始者。《词综·发凡》："世人言词，必称北宋。然词至南宋始极其工，至宋季而始极其变。"

② 具眼：辨别事物的眼力，高明的见识。

③ 见周济《介存斋论词杂著》。

④ 潘四农：潘德舆，字彦辅，号四农，江苏山阳（今淮安）人。清代文学家、诗论家。见潘德舆《养一斋集》卷二十二《与叶生名沣书》。

⑤ 见刘熙载《艺概》卷四《词曲概》。

⑥ 云间诸公：松江古称云间，明末陈子龙、宋征舆、李雯都是松江人，共倡几社，以古学相激励，世称"云间三子"。

[译文]

词人时代特点的说法，盛行于本朝（清朝）初年。朱彝尊认为：词发展到北宋盛大，到了南宋深邃。他之后的词人，大多附和这种说法。然而，其间也并非没有别具眼光的人。周济说：

"南宋词下者不会犯北宋笨拙粗率的毛病,高者达不到北宋词浑厚涵容的造诣。"又说:"北宋词大多即景抒情,所以珠圆玉润,玲珑精致。到了稼轩、白石,变化为即事写景,反而使深刻成为肤浅,含蓄成为直露。"潘德舆说:"词初起于唐,发展于五代,而意蕴、格调的宏大深邃,含蓄真挚,没有比北宋更盛大的。词有北宋,好像诗有盛唐。到了南宋就稍稍衰败。"刘熙载说:"北宋词章法细密表现却疏放,用意深隐表现却豁亮,格调沉着表现却轻快,结构精细表现却阔大,文辞精致表现却浑厚。南宋词恰恰与之相反。"从这些评论可以知道,北宋和南宋词的高下自有公论。虽然周济的词颇为浅薄,潘、刘的词水平更低,然而他们论词推尊北宋,和明末"云间三子"有相同的卓识。

一七

唐五代北宋词,可谓生香真色①。若云间诸公,则彩花耳。湘真②且然,况其次也者乎?

[注释]

① 引文见王士禛《花草蒙拾》:"'生香真色人难学',为'丹青女易描,真色人难学'所从出。千古诗文之诀,尽此七字。"

② 湘真:陈子龙,字卧子,号大樽,松江华亭(今上海松江)人。南明抗清将领,文学家。有词集《湘真阁》和《江蓠槛》,今佚。王士禛《花草蒙拾》说:"陈大樽诗首尾温丽,《湘真词》亦然。然不善学者,镂金雕琼,如土木被文绣耳。"

[译文]

唐五代、北宋的词，可比自然界的真花香味浓郁，色彩艳丽。至于明末"云间三子"的词，就是人造的假花呀！陈子龙尚且如此，何况水平在他之下的人呢？

一八

《衍波词》之佳者，颇似贺方回。虽不及容若，要在浙中诸子①之上。

[注释]

① 原稿"浙中诸子"作"锡鬯、其年"。锡鬯，朱彝尊。其年，陈维崧，字其年，号迦陵，宜兴（今属江苏）人。清代词人。

[译文]

王士禛《衍波词》中优秀的作品，与贺铸的很相似。虽然还比不上纳兰性德，但仍然在浙派朱彝尊、陈维崧等人之上。

一九

近人词如《复堂词》之深婉、《彊村词》之隐秀，皆在半塘老人上。①彊村学梦窗而情味较梦窗反胜。盖有临川、庐陵之高华②，而济以白石之疏越者。学人之词，斯为极则。然古人自然神妙处，尚未见及。

[注释]

① 彊村：朱孝臧，原名祖谋，字古微，号彊村，浙江归安（今吴兴）人。清末民初词学家，有《彊村词》，辑刻唐宋金元词为《彊村丛书》。半塘老人：王鹏运，字幼霞、佑遐，号半塘，晚年又号鹜翁，桂林人。晚清词人，著有《半塘定稿》等多种，并辑刻《四印斋所刻词》。

② 临川：王安石，字介甫，晚号半山，临川（今属江西）人。北宋著名政治家、文学家。庐陵：欧阳修，庐陵（今江西吉水）人。

[译文]

近代的词，如谭献《复堂词》的深婉、朱孝臧《彊村词》的隐秀，都在半塘老人之上。彊村学吴梦窗，情致韵味反而比梦窗更胜一筹。这大概是因为他既具有王安石、欧阳修那样出众的才华，又具有姜夔的疏放清越。学习别人的词，能够这样就是最高的水平。然而古人的自然神妙之处，还是没有达到。

二〇

宋尚木《蝶恋花》"新样罗衣浑弃却，犹寻旧日春衫著"①、谭复堂《蝶恋花》"连理枝头侬与汝，千花百草从渠许"②，可谓寄兴深微。

[注释]

① 此《蝶恋花》为宋徵舆作。宋徵舆，字直方，又字辕文，松江人。明末"云间三子"之一。此处"宋尚木"应作"宋徵舆"，尚木为宋徵璧字。《蝶恋花》："宝枕轻风秋梦薄，

红敛双蛾，颠倒垂金雀。新样罗衣浑弃却，犹寻旧日春衫著。偏是断肠花不落，人苦伤心，镜里颜非昨。曾误当初青女约，至今霜夜思量著。"

② 谭献《蝶恋花》："帐里迷离香似雾，不烬炉灰，酒醒闻余语。连理枝头侬与汝，千花百草从渠许。 莲子青青心独苦，一唱将离，日日风兼雨。豆蔻香残杨柳暮，当时人面无寻处。"

[译文]

宋直方《蝶恋花》的"新样罗衣浑弃却，犹寻旧日春衫著"、谭复堂《蝶恋花》的"连理枝头侬与汝，千花百草从渠许"，可说是寄托比兴深邃幽微。

二一

《半塘丁稿》中和冯正中《鹊踏枝》十阕，乃《鹜翁词》之最精者。"望远愁多休纵目"等阕，郁伊惝悦，令人不能为怀。《定稿》只存六阕，殊为未允也。①

[注释]

① 王鹏运《鹊踏枝》（冯正中《鹊踏枝》十四阕，郁伊惝悦，义兼比兴，蒙耆诵焉。春日端居，依次属和。就均成词，无关寄托，而章句尤为凌杂。忆云生云："不为无益之事，何以遣有涯之生？"三复前言，我怀如揭矣。时光绪丙申三月二十八日。录十）：

"落蕊残阳红片片，懊恨比邻，尽日流莺转。似雪杨花吹又散,东风无力将春限。 慵把香罗裁便面,换到轻衫,欢意垂垂浅。襟上泪痕犹隐见,笛声催按《梁州遍》。"其一。

"斜日危阑凝伫久,问讯花枝,可是年时旧?浓睡朝朝如中酒,谁怜梦里人消瘦。 香阁帘栊烟阁柳,片霎氤氲,不信寻常有。休遣歌筵回舞袖,好怀珍重春三后。"其二。

"谱到《阳关》声欲裂,亭短亭长,杨柳那堪折。挑菜湔裙春事歇,带罗羞指同心结。 千里孤光同皓月,画角吹残,风外还呜咽。有限坠欢争忍说,伤生第一生离别。"其三。

"风荡春云罗样薄,难得轻阴,芳事休闲却。几日啼鹃花又落,绿笺莫忘深深约。 老去吟情浑寂寞,细雨檐花,空忆灯前酌。隔院玉箫声乍作,眼前何物供哀乐。"其四。

"漫说目成心便许,无据杨花,风里频来去。怅望朱楼难寄语,伤春谁念司勋误? 枉把游丝牵弱缕,几片闲云,迷却相思路。锦帐珠帘歌舞处,旧欢新恨思量否?"其五。

"昼日恹恹惊夜短,片霎欢娱,那惜千金换。燕睨莺颦春不管,敢辞弦索为君断? 隐隐轻雷闻隔岸,暮雨朝霞,咫尺迷云汉。独对舞衣思旧伴,龙山极目烟尘满。"其六。

"望远愁多休纵目,步绕珍丛,看笋将成竹。晓露暗垂珠簌簌,芳林一带如新浴。 檐外春山森碧玉,梦里骖鸾,记过清湘曲。自定新弦移雁足,弦声未抵归心促。"其七。

"谁遣春韶随水去?醉倒芳尊,忘却朝和暮。换尽大堤芳草路,倡条都是相思树。 蜡烛有心灯解语,泪尽唇焦,此恨消沈否?坐对东风怜弱絮,萍飘后日知何处?"其八。

"对酒肯教欢意尽?醉醒恹恹,无那忺春困。锦字双行笺别恨,泪珠界破残妆粉。 轻燕受风飞远近,消息谁传,盼断乌衣信。曲几无憀闲自隐,镜奁心事孤鸾鬓。"其九。

"几见花飞能上树,难系流光,枉费垂杨缕。筝雁斜飞排锦柱,只伊不解将春去。　漫谝心情黏地絮,容易飘飏,那不惊风雨。倚遍阑干谁与语?思量有恨无人处。"其十。

现存《半塘定稿·鹜翁集》中只有《鹊踏枝》六阕,缺第三、第六、第七、第九四阕。

[译文]

王鹏运《半塘丁稿》中唱和冯正中《鹊踏枝》十首,是《鹜翁词》中最精妙的。"望远愁多休纵目"等阕,忧郁压抑,恍惚迷离,让人百感交集难以排遣。《定稿》只保存六阕,实在不大应该。

二二

固哉,皋文之为词也!飞卿《菩萨蛮》、永叔《蝶恋花》、子瞻《卜算子》,皆兴到之作,有何命意?皆被皋文深文罗织。① 阮亭《花草蒙拾》谓:"坡公命宫磨蝎②,生前为王珪、舒亶辈③所苦,身后又硬受此差排。"④ 由今观之,受差排者,独一坡公已耶?

[注释]

① 温庭筠《菩萨蛮》:"小山重叠金明灭,鬓云欲度香腮雪。懒起画蛾眉,弄妆梳洗迟。　照花前后镜,花面交相映。新帖绣罗襦,双双金鹧鸪。"张惠言《词选》评:"此感士不遇

也，篇法仿佛《长门赋》，而用节节逆叙。此章从梦晓后领起'懒起'二字，含后文情事，'照花'四句，《离骚》初服之意。"

欧阳修《蝶恋花》："庭院深深深几许？杨柳堆烟，帘幕无重数。玉勒雕鞍游冶处，楼高不见章台路。雨横风狂三月暮，门掩黄昏，无计留春住。泪眼问花花不语，乱红飞过秋千去。"张惠言《词选》评："庭院深深，闺中既以邃远也。楼高不见，哲王又不寤也。章台游冶，小人之径。雨横风狂，政令暴急也。乱红飞去，斥逐者非一人而已，殆为韩、范作乎？"

苏轼《卜算子·黄州定慧院寓居作》："缺月挂疏桐，漏断人初静。谁见幽人独往来，缥缈孤鸿影。 惊起却回头，有恨无人省。拣尽寒枝不肯栖，寂寞沙洲冷。"张惠言《词选》评："此东坡在黄州作。鲖阳居士云：缺月，刺明微也。漏断，暗时也。幽人，不得志也。独往来，无助也。惊鸿，贤人不安也。回头，爱君不忘也。无人省，君不察也。拣尽寒枝不肯栖，不偷安于高位也。寂寞沙洲冷，非所安也。此词与《考槃》诗极相似。"

② 磨蝎：星名，十二宫之一。苏轼《东坡志林》卷一："退之诗云：'我生之辰，月宿直（南）斗。'乃知退之磨蝎为身宫。而仆乃以磨蝎为命。平生多得谤誉，殆是同命也。"迷信星象的人，因谓生平遇事不利，多受折磨为命宫磨蝎。

③ 王珪、舒亶：北宋词人，翰林学士。苏轼因反对王安石变法，在某些诗歌中反映了变法的弊端，"以事不便民者不敢言，以诗托讽，庶有补于国"，受到御史李定、王珪、舒亶和何正臣等人的诬告。他们断章取义，深文罗织，上奏章弹劾，苏轼被捕下狱。此事称为"乌台诗案"，又因苏轼当时徙知湖州，

故又称"湖州诗案"。

④ 王士禛《花草蒙拾》引铜阳居士的解释后，批评说："村夫子强作解事，令人欲呕。""仆尝戏谓：坡公命宫磨蝎。湖州诗案，生前为王珪、舒亶辈所苦，身后又硬受此差排耶？"

[译文]

多么固陋呀，张皋文的评词！温飞卿的《菩萨蛮》、欧阳永叔的《蝶恋花》、苏子瞻的《卜算子》，都是即兴的词作，有什么命意？却都被张皋文牵强附会加以曲解。王阮亭《花草蒙拾》批评说："坡公命遭磨蝎，生前被王珪、舒亶这些人迫害，死后又不得不接受这样的差遣编排。"从现在的词坛来看，受到差遣编排的，岂只是东坡一人？

二三

贺黄公①谓："姜论史词，不称其'软语商量'②，而称③其'柳昏花暝'，固知不免项羽学兵法④之恨。"然"柳昏花暝"自是欧、秦辈句法，前后有画工、化工之殊。吾从白石，不能附和黄公矣。

[注释]

① 贺黄公：贺裳，字黄公，清代词学家，有《皱水轩词筌》。

② 姜论史词：姜，姜夔；史，史达祖。史达祖《双双燕·咏燕》："过春社了，度帘幕中间，去年尘冷。差池欲往，试入旧巢相并。还相雕梁藻井，又软语商量不定。飘然快拂花

梢，翠尾分开红影。　芳径，芹泥雨润。爱贴地争飞，竞夸轻俊。红楼归晚，看足柳暗花暝。应自栖香正稳，便忘了、天涯芳信。愁损翠黛双娥，日日画栏独凭。"

③据《皱水轩词筌》，"称"应作"赏"。

④项羽学兵法：据司马迁《史记·项羽本纪》，项羽年轻时先学书，不成，又学剑，也不成。项梁对此很生气，项羽却说："学书，不过记人名姓，学剑，只能与一人为敌，这些都不值得去学。我要学万人敌。"项梁就教项羽兵法，项羽"大喜，略知其意，又不肯竟学"。

[译文]

贺黄公认为："姜夔评论史达祖的词，不赞赏他的'软语商量'，而赞赏他的'柳昏花暝'，由此可知，他对于词的句法就像项羽学兵法，略知其意，真让人遗憾呀！"然而，'柳昏花暝'本来就是欧阳修、秦观的句法，与前者相比，一个是画工的修饰，一个是自然的天成。我赞同姜夔，不敢附和黄公。

二四

"池塘春草谢家春，万古千秋五字新。传语闭门陈正字，可怜无补费精神。"此遗山《论诗绝句》也。①梦窗、玉田辈，当不乐闻此语。

[注释]

①遗山：元好问，字裕之，自号遗山山人，太原秀容（今山西忻县）人。元代文学家，有《遗山集》。陈正字：陈师道，

字履常,一字无己,号后山居士,彭城(今江苏徐州)人。曾官秘书省正字,苏门四学士之一。

[译文]

"池塘春草谢家春,万古千秋五字新。传语闭门陈正字,可怜无补费精神。"这是元遗山的《论诗绝句》。吴梦窗、张玉田一类词人,恐怕不愿意听到这样的话。

二五

朱子①《清邃阁论诗》谓:"古人有句,今人诗更无句,只是一直说将去。这般一日作百首也得。"② 余谓北宋之词有句,南宋以后便无句。玉田、草窗之词,所谓"一日作百首也得"者也。

[注释]

① 朱子:朱熹,字元晦,号晦庵,别号考亭、紫阳,徽州婺源(今属江西)人。南宋哲学家、思想家、教育家、文学家。

② 据《朱子大全》,"古人"下应补"诗中"二字,"这般"下应补"诗"字。

[译文]

朱熹在《清邃阁论诗》中说:"古人作诗有妙句,今人作诗没有妙句,只是一味地叙述下去。这样的诗一天作一百首也办得到。"我认为北宋的词有妙句,南宋以后就没有妙句。像张炎、周密的词,就是所说的"一日作百首也得"这一类呀!

二六

朱子谓"梅圣俞诗,不是平淡,乃是枯槁"。余谓草窗、玉田之词亦然。

[译文]

朱熹认为,梅尧臣的诗,不是平淡隽永,而是枯槁无味。我认为周密、张炎的词也是如此。

二七

"自怜诗酒瘦,难应接,许多春色。"① "能几番游,看花又是明年。"② 此等语亦算警句耶?③ 乃值如许笔力!

[注释]

① 史达祖《喜迁莺》:"月波疑滴,望玉壶天近,了无尘隔。翠眼圈花,冰丝织练,黄道宝光相直。自怜诗酒瘦,难应接,许多春色。最无赖,是随香趁烛,曾伴狂客。 踪迹。谩记忆。老了杜郎,忍听东风笛。柳院灯疏,梅厅雪在,谁与细倾春碧。旧情拘未定,犹自学、当年游历。怕万一,误玉人、夜寒帘隙。"

② 张炎《高阳台·西湖春感》:"接叶巢莺,平波卷絮,断桥斜日归船。能几番游,看花又是明年。东风且伴蔷薇住,到蔷薇、春已堪怜。更凄然,万绿西泠,一抹荒烟。 当年燕子

知何处？但苔深韦曲，草暗斜川。见说新愁，如今也到鸥边。无心再续笙歌梦，掩重门、浅醉闲眠。莫开帘，怕见飞花，怕听啼鹃。"

③ 陆辅之《词旨》："警句凡九十二则"，其中有"自怜诗酒瘦，难应接，许多春色"和"见说新愁，如今也到鸥边"，"莫开帘，怕见飞花，怕听啼鹃"。此条似即对此而言。

[译文]

"自怜诗酒瘦，难应接，许多春色。""能几番游，看花又是明年。"这样的句子也能算警句吗？哪里值得费这么大笔力！

二八

文文山①词，风骨甚高，亦有境界，远在圣与②、叔夏、公谨诸公之上。亦如明初诚意伯③词，非季迪、孟载④诸人所敢望也。

[注释]

① 文文山：文天祥，字宋瑞，又字履善，吉州庐陵（今江西吉安）人。宋末爱国词人，有《文山乐府》一卷。

② 圣与：王沂孙，字圣与，号碧山、中仙，会稽（今浙江绍兴）人。宋末爱国词人，有《碧山乐府》，又名《花外集》。

③ 诚意伯：刘基，字伯温，青田（今属浙江）人。元末辅佐朱元璋定天下，后封诚意伯，博通经史，诗文自成一家。

④ 季迪：高启，字季迪，长洲（今江苏苏州）人。明初著名诗人，有《青丘集》及《扣舷词》。孟载：杨基，字孟载，号

眉庵，吴中（今江苏吴县）人。明初诗人，与高启、张羽、徐贲号称四杰，有《眉庵集》。

[译文]

文文山的词，风骨非常高超，也具有境界，远在王沂孙、张炎、周密这些词人之上。也就像明初诚意伯的词，不是季迪、孟载等人可以望其项背的。

二九

宋《李希声^①诗话》云："唐人作诗，正以风调高古为主。虽意远语疏，皆为佳作。后人有切近的当、气格凡下者，终使人可憎。"^②余谓北宋词亦不妨疏远。若梅溪以降，正所谓"切近的当、气格凡下"者也。

[注释]

① 李希声：李惇，字希声，北宋诗人，引文见魏庆之《诗人玉屑》，郭绍虞《宋诗话辑佚》。

② 见魏庆之《诗人玉屑》卷十引。"唐人"应作"古人"。

[译文]

宋代《李希声诗话》认为："古人作诗，以风力格调高雅古朴为主，虽然意旨悠远语言疏散，但都是佳作。后人作诗，有的虽然贴切得当，但意气格调鄙俗低下，最终还是让人憎恶。"我认为，北宋词即使意旨悠远语言疏散，也不妨碍成为佳作，像史邦卿以下的词人，正是所说的描写贴切得当、气格鄙俗低下一类。

三〇

自竹垞痛贬《草堂诗余》而推《绝妙好词》①，后人群附和之。不知《草堂》虽有亵诨之作，然佳词恒得十之六七。《绝妙好词》则除张、范、辛、刘②诸家外，十之八九，皆极无聊赖之词。古人云：小好小惭，大好大惭③，洵非虚语。④

[注释]

① 此论见朱彝尊《书〈绝妙好词〉后》，谓"词人之作，自《草堂诗余》盛行，屏去《激楚》《阳阿》，而《巴人》之唱齐进矣。周公谨《绝妙好词》选本虽未尽醇，然中多俊语，方诸《草堂》所录，雅俗殊分"。

② 张、范、辛、刘：张孝祥，字安国，号于湖居士，历阳乌江（今安徽和县）人。南宋前期词人，有《于湖词》。范成大，字致能，号石湖居士，吴县（今江苏苏州）人。与陆游、杨万里、刘过并称南宋四大家。刘过，字改之，号龙洲道人，太和（今属江西）人。南宋词人，有《龙洲词》。

③ 语出韩愈《与冯宿论文书》："时时应事作俗下文字，下笔令人惭。及示人，则以为好。小惭者亦蒙谓之小好，大惭者则必以为大好矣。"

④ 古人云以下共十五字，原稿已改作"甚矣，人之贵耳贱目也！"

[译文]

自从朱彝尊痛贬《草堂诗余》而推崇《绝妙好词》，后来的学者纷纷赞同附和。他们不知道《草堂诗余》虽然有不够庄重严肃的作品,然而其中的优秀词作却占十之六七。《绝妙好词》则除了张孝祥、范成大、辛弃疾、刘过诸家之外,十之八九都是非常无聊的词作。古人说:别人认为小好的让我小惭愧,认为大好的让我大惭愧,真的不假!

三一

梅溪、梦窗、玉田、草窗、西麓诸家,词虽不同,然同失之肤浅。虽时代使然,亦其才分有限也。近人弃周鼎而宝康瓠①,实难索解。

[注释]

① 周鼎:周朝传国的九鼎。后用来比喻宝贵的事物。康瓠(hù):空壶,破瓦器。多用以比喻庸才。这一句是说晚清词坛师法南宋而不直接学习北宋。

[译文]

史达祖、吴文英、张炎、周密、陈允平诸家,所作词虽然不同,但全都失之肤浅。虽说是时代风气使他们的词如此,也因为他们的才华的确有限。近来的词人抛弃周鼎而珍视康瓠,实在让人难以理解。

三二

余友沈昕伯(纮)①自巴黎寄余《蝶恋花》一

阕云："帘外东风随燕到。春色东来，循我来时道。一霎围场生绿草，归迟却怨春来早。 锦绣一城春水绕。庭院笙歌，行乐多年少。著意来开孤客抱，不知名字闲花鸟。"此词当在晏氏父子间，南宋人不能道也。

[注释]

① 沈昕伯：名纮，字昕伯，王国维在上海东文学社时的同学。

[译文]

我的朋友沈纮从巴黎寄给我《蝶恋花》一首："帘外东风随燕到。春色东来，循我来时道。一霎围场生绿草，归迟却怨春来早。 锦绣一城春水绕。庭院笙歌，行乐多年少。著意来开孤客抱，不知名字闲花鸟。"这首词水平应在北宋晏殊、晏几道父子之间，南宋的词人写不出。

三三

"君王枉把平陈业，换得雷塘数亩田。"① 政治家之言也。"长陵亦是闲丘陇，异日谁知与仲多？"② 诗人之言也。政治家之眼，域于一人一事。诗人之眼，则通古今而观之。词人观物，须用诗人之眼，不可用政治家之眼。故感事、怀古等作，当与寿词同为词家所禁也。

[注释]

① 罗隐《炀帝陵》:"入郭登桥出郭船,红楼日日柳年年。君王忍把平陈业,只换雷塘数亩田。"

② 唐彦谦《仲山》(高祖兄仲山隐居之所):"千载遗踪寄薜萝,沛中乡里汉山河。长陵亦是闲丘陇,异日谁知与仲多?"

[译文]

"君王枉把平陈业,换得雷塘数亩田。"这是政治家的语言。"长陵亦是闲丘陇,异日谁知与仲多?"这是诗人的语言。政治家的眼光,局限于一人一事;诗人的眼光,则贯通古今去观察。词人观察事物,应该用诗人的眼光,不可以用政治家的眼光。所以感事、怀古一类词作,应当和祝寿词一样,都是词人不应作的。

三四

宋人小说,多不足信。如《雪舟脞语》谓:台州知府唐仲友眷官妓严蕊奴。朱晦庵系治之。及晦庵移去,提刑岳霖行部至台,蕊乞自便。岳问曰:去将安归?蕊赋《卜算子》词云:"住也如何住"云云。①案,此词系仲友戚高宣教作,使蕊歌以侑觞者,见朱子《纠唐仲友奏牍》②。则《齐东野语》所纪朱、唐公案③,恐亦未可信也。

[注释]

① 陶宗仪《说郛》卷五十七引《雪舟脞语》:"唐悦斋仲友字与正,知台州。朱晦庵为浙东提举,数不相得,至于互申。

寿皇问宰执二人曲直。对曰：秀才争闲气耳。悦斋眷官妓严蕊奴，晦庵捕送囹圄。提刑岳商卿霖行部疏决，蕊奴乞自便。宪使问去将安归？蕊奴赋《卜算子》，末云：'住也如何住，去也终须去。若得山花插满头，莫问奴归处。'宪笑而释之。"严蕊，字幼芳，南宋天台（今浙江天台）营妓。善诗词，有《如梦令》《鹊桥仙》《卜算子》等传世。《卜算子》：不是爱风尘，似被前身误，花开花落自有时，总赖东君主。 去也终须去，住也如何住。若得山花插满头，莫问奴归处。

② 朱嘉《朱子大全》卷十九《按唐仲友第四状》："五月十六日筵会，仲友亲戚高宣教撰曲一首，名《卜算子》，后一段云：'去又如何去，住又如何住。但得山花插满头，休问奴归处。'"

③ 周密《齐东野语》卷十七《朱唐交奏本末》："朱晦庵按唐仲友事，或云吕伯恭尝与仲友同书会有隙，朱主吕，故抑唐，是不然也。盖唐平时恃才轻晦庵，而陈同父颇为朱所进，与唐每不相下。同父游台，尝狎籍妓，嘱唐为脱籍，许之。偶郡集，唐语妓云：'汝果欲从陈官人耶？'妓谢。唐云：'汝须能忍饥受冻乃可。'妓闻大恚。自是陈至妓家，无复前之奉承矣。陈知为唐所卖，亟往见朱。朱问：'近日小唐云何？'答曰：'唐谓公尚不识字，如何作监司？'朱衔之，遂以部内有冤案，乞再巡按。既至台，适唐出迎少稽，朱益以陈言为信。立索郡印，付以次官。乃撼唐罪具奏，而唐亦以奏驰上。时唐乡相王淮当轴。既进呈，上问王。王奏：'此秀才争闲气耳。'遂两平其事。详见周平园《王季海日记》。而朱门诸贤所作《年谱道统录》，乃以季海右唐而并斥之，非公论也。其说闻之陈伯玉式卿，盖

亲得之婺之诸吕云。"

[译文]

　　宋代的笔记小说，大多不可以相信。比如《雪舟脞语》里讲：台州知府唐仲友宠爱官妓严蕊奴，朱晦庵就把严关押治罪。到了晦庵任满离开，提刑官岳霖巡查到台州处理此案，蕊奴请求脱籍离开。岳霖问她："离开后要到什么地方去？"蕊奴赋《卜算子》说："住也如何住"等等。案：这首词是唐仲友的亲戚高宣教所写，让蕊奴席间歌唱助酒的，朱子《纠唐仲友奏牍》提到了这件事。那么《齐东野语》中记载的朱熹、唐仲友互斗的事，恐怕也不可相信。

三五

　　唐五代之词，有句而无篇。南宋名家之词，有篇而无句。有篇有句，唯李后主降宋后诸作，及永叔、子瞻、少游、美成、稼轩数人而已。

[译文]

　　唐五代的词，有名句而没有名篇；南宋名家的词，有名篇而没有名句；全篇精妙而又有名句的，只有李后主降宋以后的诸词作，以及欧阳修、苏轼、秦观、周邦彦、辛弃疾这几位词人的作品！

三六

唐、五代、北宋之词家,倡优也。南宋后之词家,俗子也。二者其失相等。但词人之词,宁失之倡优,不失之俗子。以俗子之可厌,较倡优为甚故也。

[译文]

唐五代、北宋的词人,似为艺人歌伎;南宋以后的词人,似为凡夫俗子;这两者的过失大致相等。但是,词人的词,宁愿类似于艺人歌伎,也不能类似于凡夫俗子。因为凡夫俗子一类的词,要比艺人歌伎一类词更令人生厌!

三七

《蝶恋花》(独倚危楼)一阕①,见《六一词》,亦见《乐章集》。余谓屯田轻薄子,只能道"奶奶兰心蕙性"②耳。(原注:此等语固非欧公不能道也。)

[注释]

① "独倚"应为"伫倚"。
② 柳永《玉女摇仙佩》:"飞琼伴侣,偶别珠宫,未返神仙行缀。取次梳妆,寻常言语,有得几多妹丽。拟把名花比。恐旁人笑我,谈何容易。细思算,奇葩艳卉,惟是深红浅白而

已。争如这多情，占得人间，千娇百媚。 须信画堂绣阁，皓月清风，忍把光阴轻弃。自古及今，佳人才子，少得当年双美。且恁相偎倚。未消得，怜我多才多艺。愿奶奶兰心蕙性，枕前言下，表余深意。为盟誓，今生断不孤鸳被。"

[译文]

《蝶恋花》(伫倚危楼)这首词，既见于欧阳修的《六一词》，又见于柳永的《乐章集》。我认为柳永是一个风流轻薄的浪子，只能写出"奶奶兰心蕙性"这样的句子罢了。

三八

读《会真记》①者，恶张生之薄幸，而恕其奸非。读《水浒传》者，恕宋江之横暴，而责其深险。此人人之所同也。故艳词可作，唯万不可作儇薄语②。龚定庵诗云："偶赋凌云偶倦飞，偶然闲慕遂初衣。偶逢锦瑟佳人问，便说寻春为汝归。"③其人之凉薄无行，跃然纸墨间。余辈读耆卿、伯可词④，亦有此感⑤。视永叔、希文⑥小词何如耶？

[注释]

①《会真记》：又名《莺莺传》，写张生、崔莺莺二人的爱情故事，唐传奇名篇之一。作者元稹，字微之，洛阳人。中唐著名诗人。

②儇薄：轻薄浮滑。

③龚定庵：龚自珍，又名鞏祚，字璱人，号定庵，浙江仁和（今杭州）人。近代杰出的思想家、文学家。此诗为《己亥杂诗》三百十五首之一，见《定庵续集》。

④伯可：康与之，字伯可，号顺庵，洛阳人。南宋词人，词学柳永，风格婉丽。因党附秦桧，为后人不齿。

⑤张炎《词源》云："词欲雅而正，志之所之，一为情所役，则失其雅正之音，耆卿、伯可不必论，虽美成亦有所不免，……所谓淳厚日变成浇风也。"

⑥希文：范仲淹，字希文，苏州吴县人。北宋著名政治家、文学家。词现存五首，兼有豪放、婉约两种风格。

[译文]

读元稹的《会真记》，憎恶张生的薄情，而宽恕他的非礼之行；读《水浒传》，宽恕宋江的强横残暴，而斥责他的深沉阴险。这是大家共同的感觉。所以，艳词可以作，只是千万不可作轻薄浮滑的言辞。龚定庵诗云："偶赋凌云偶倦飞，偶然闲慕遂初衣。偶逢锦瑟佳人问，便说寻春为汝归。"这个人的轻薄而没有品行，跃然纸上。我们读柳永、康与之的词，也有这种感觉。再看欧阳修、范仲淹的婉约小词，感觉如何呢？

三九

词人之忠实，不独对人、事宜然，即对一草一木，亦须有忠实之意，否则所谓游词①也。

[注释]

① 游词：题外的话。

[译文]

词人的创作，不单单对人、对事应有忠实的态度，即使是对一草一木，也必须有忠实的态度，否则，其作品就是所谓的"游词"。

四〇

读《花间》、《尊前》①集，令人回想徐陵《玉台新咏》②。读《草堂诗余》，令人回想韦縠《才调集》③。读朱竹垞《词综》，张皋文、董晋卿《词选》④，令人回想沈德潜三朝诗别裁集⑤。

[注释]

①《尊前集》：词集名，相传为五代或宋初人所编。二卷，收三十七家词人共二百八十九首词作，皆唐五代作品。与《花间集》并行齐名。

② 徐陵：507—508，字孝穆，南朝陈文学家，文章绮艳，与庾信齐名，时称徐庾体。有《徐孝穆集》，又选辑《玉台新咏》，多收录艳情之作。

③ 韦縠：晚唐五代诗人，曾选辑唐人诗歌一千首为《才调集》，内容多为闺情。

④ 董晋卿：此为作者误记。董毅，字子远，张惠言外甥，继惠言《词选》编纂《续词选》。

⑤沈德潜：1673—1769，字确士，号归愚，江苏长洲（今吴县）人。清代文学家，论诗以儒家诗教为本，倡格调说。有《唐诗别裁集》《明诗别裁集》《清诗别裁集》

[译文]

读《花间集》《尊前集》，让人联想到徐陵的《玉台新咏》；读《草堂诗余》，让人联想到韦縠的《才调集》；读朱彝尊的《词综》，张惠言、董毅的《词选》，让人联想到沈德潜的三朝诗别裁集。

四一

明季国初诸老之论词，大似袁简斋①之论诗，其失也，纤小而轻薄。竹垞以降之论词者，大似沈归愚，其失也，枯槁而庸陋。

[注释]

①袁简斋：袁枚，字子才，号简斋，晚号小仓山房居士、随园老人，浙江钱塘（今杭州）人。论诗主"性灵"，认为诗"必本于性情"。

[译文]

明末清初诸位大学者论词，和袁枚论诗很相似，其弊病在于纤小而轻薄。朱彝尊以后论词的学者，和沈德潜论诗很相似，其弊病在于没有内容，平庸浅陋。

四二

东坡之旷在神,白石之旷在貌。白石如王衍口不言阿堵物①,而暗中为营三窟之计,此其所以可鄙也。

[注释]

① 王衍:字夷甫,临沂(今属山东)人。东晋时官至尚书令,太尉。衍有盛才,常自比子贡,名倾一时。刘义庆《世说新语》:"王夷甫雅尚玄远,常嫉其妇贪浊,口未尝言'钱'字。妇欲试之,令婢以钱绕床,不得行。夷甫晨起,见钱阂行,呼婢曰:'举却阿堵物。'"阿堵,六朝时俗语,意为"这个"、"这个东西"。因这个典故,后世就将"阿堵"作为钱的代称。

[译文]

东坡的旷达在于精神,白石的旷达在于外表。白石好像王衍,口头上不谈金钱,但私下里却为自己多方经营,这是他所以为人鄙视的原因。

四三

"纷吾既有此内美兮,又重之以修能。"①文学之事,于此二者,不可缺一。然词乃抒情之作,故尤重内美。无内美而但有修能,则白石耳。

[注释]

① 语出屈原《离骚》。内美,内在的美质。修能,美好的容态。修,善,美好;能,通"態(态)",容态。

[译文]

"纷吾既有此内美兮,又重之以修能。"在文学创作方面,内美和修能二者缺一不可。然而词是以抒情为主的体裁,所以尤其重视内在的美质。没有内在的美质而只有外在的修饰,则是白石这样的词人。

四四

诗人视一切外物,皆游戏之材料也。然其游戏,则以热心为之,故诙谐与严重二性质,亦不可缺一也。

[译文]

诗人把一切外物,都看作游戏的材料。然而对于这种游戏,则应以赤诚之心进行,所以诙谐和郑重两种心态,缺一不可。

四五

余填词不喜作长调,尤不喜用人韵。偶尔游戏,作《水龙吟》咏杨花用质夫、东坡倡和韵①,作《齐天乐》咏蟋蟀用白石韵②,皆有与晋代兴③之意。余之所长殊不在是,世之君子宁以他词称我。

[注释]

① 章质夫、苏东坡唱和词见第36页注。王国维《水龙吟·杨花》（用章质夫、苏子瞻唱和韵）："开时不与人看，如何一霎濛濛坠。日长无绪，回廊小立，迷离情思。细雨池塘，斜阳院落，重门深闭。正参差欲住，轻衫掠处，又特地、因风起。　花事阑珊到汝，更休寻、满枝琼缀。算人只合，人间哀乐，者般零碎。一样飘零，宁为尘土，勿随流水。怕盈盈、一片春江，都贮得、离人泪。"

② 姜夔《齐天乐》（丙辰岁，与张功父会饮张达可之堂。闻屋壁间蟋蟀有声，功父约予同赋，以授歌者。功父先成，辞甚美。予徘徊茉莉花间，仰见秋月，顿起幽思，寻亦得此。蟋蟀，中都呼为促织，善斗。好事者或以三、二十万钱致一枚，镂象齿为楼观以贮之）："庾郎先自吟愁赋，凄凄更闻私语。露湿铜铺，苔侵石井，都是曾听伊处。哀音似诉。正思妇无眠，起寻机杼。曲曲屏山，夜凉独自甚情绪？　西窗又吹暗雨，为谁频断续，相和砧杵？候馆迎秋，离宫吊月，别有伤心无数。豳诗漫与，笑篱落呼灯，世间儿女。写入琴丝，一声声更苦。"

王国维《齐天乐·蟋蟀》（用白石原韵）："天涯已自愁秋极，何须更闻虫语。乍响瑶阶，旋穿绣闼，更入画屏深处。喁喁似析。有几许哀丝，佐伊机杼。一夜东堂，暗抽离恨万千绪。空庭相和秋雨。又南城罢柝，西院停杵。试问王孙，苍茫岁晚，那有闲愁无数。宵深谩与。怕梦稳春酣，万家儿女。不识孤吟，劳人床下苦。"

③ 与晋代兴：语出《国语·郑语》，"公曰：'若周衰，诸姬其孰兴？'对曰：'……武王之子，应韩不在，其在晋

乎！'……及平王之末，而秦、晋、齐、楚代兴。"这里有发扬前贤优点的意思。

[译文]

我作词不喜欢填长调，尤其不喜欢用别人的韵。偶尔和韵，也是游戏之作，如作《水龙吟·杨花》用章质夫、苏东坡倡和韵，《齐天乐·蟋蟀》用姜白石韵，都有发扬前贤优点的意思。我的长处真的不在这方面，宁愿有识之士用其他的词作来称赏我。

四六

樊抗夫谓余词如《浣溪沙》之"天末同云"，《蝶恋花》之"昨夜梦中"、"百尺高楼"、"春到临春"等阕①，凿空而道，开词家未有之境。余自谓才不若古人，但于力争第一义处，古人亦不如我用意耳。

[注释]

① 樊抗夫：樊炳清，字抗夫，作者在东文学社时期的同学。《浣溪沙》"天末同云黯四垂，失行孤雁逆风飞。江湖寥落尔安归？ 陌上金丸看落羽，闺中素手试调醯。今宵欢宴胜平时。"

《蝶恋花》："昨夜梦中多少恨，细马香车，两两行相近。对面似怜人瘦损，众中不惜搴帷问。 陌上轻雷听隐辚。梦里难从，觉后那堪讯？蜡泪窗前堆一寸，人间只有相思分。"

《蝶恋花》："百尺朱楼临大道。楼外轻雷，不问昏和晓。独倚阑杆人窈窕，闲中数尽行人小。　一霎车尘生树杪。陌上楼头，都向尘中老。薄晚西风吹雨到，明朝又是伤流潦。"

《蝶恋花》："春到临春花正妩。迟日阑干，蜂蝶飞无数。谁遣一春抛却去，马蹄日日章台路。　几度寻春春不遇。不见春来，那识春归处？斜日晚风杨柳渚，马头何处无飞絮。"

[译文]

樊抗夫认为我的词如《浣溪沙》之"天末同云"、《蝶恋花》之"昨夜梦中"、"百尺高楼"、"春到临春"等阕，敢于独创，开辟词人从来没有过的境界。我自己认为才华不及古人，但是，在力争写出新义方面，古人也不如我竭尽全力！

四七

叔本华曰："抒情诗，少年之作也。叙事诗及戏曲，壮年之作也。"① 余谓：抒情诗，国民幼稚时代之作也；叙事诗，国民盛壮时代之作也。故曲则古不如今（元曲诚多天籁②，然其思想之陋劣，布置之粗笨，千篇一律，令人喷饭。至本朝之《桃花扇》《长生殿》诸传奇，则进矣）。词则今不如古。盖一则以布局为主，一则须伫兴而成故也。

[注释]

① 叔本华：德国唯心主义哲学家。"少年人仅仅只适于作

抒情诗，并且要到成年才适于写戏剧。至于老年人，最多只能想象他们是史诗的作家。"

② 天籁：自然界的音响。《庄子·齐物论》："女闻人籁而未闻地籁，女闻地籁而未闻天籁夫。"

[译文]

叔本华说："抒情诗是少年时所作，叙事诗和戏剧是成年时所作。"我认为：抒情诗是国民幼稚时期所作，叙事诗是国民成熟时期所作。所以戏曲则是古不如今（元曲的确有很多浑然天成的作品，然而它思想的鄙陋低劣、布局的粗糙笨拙，千篇一律，令人发笑。到了本朝孔尚任的《桃花扇》、洪昇的《长生殿》等传奇出现，才有了进步）。词则是今不如古。因为它们一来以布局结构为主，一则必须蓄积情感然后才能写成。

四八

贺黄公（裳）①《皱水轩词筌》云："张玉田《乐府指迷》②其调叶宫商，铺张藻绘抑亦可矣，至于风流蕴藉之事，真属茫茫。如啖官厨饭者，不知牲牢③之外别有甘鲜也。"此语解颐④。

[注释]

① 贺黄公：贺裳，字黄公，清代词论家。

② 应为《词源》。《乐府指迷》作者是沈义父。

③ 牲牢：供祭祀用的牲畜。

④ 解颐：开颜欢笑。

[译文]

贺裳在《皱水轩词筌》中说:"张炎的《词源》对于词的协调音律,运用辞藻的论述也还算可以,至于谈论词的风流蕴藉,真是不着边际。就像吃官家厨饭的人,不知道除了祭祀的牛羊肉外还有其他的美味。"这话说得让人会心一笑。

四九

周保绪《词辨》云:"玉田近人所最尊奉,才情诣力亦不后诸人;终觉积谷作米,把缆放船,无开阔手段。"又云:"叔夏所不及前人处,只在字句上著功夫,不肯换意。""近人喜学玉田,亦为修饰字句易,换意难。"①

[注释]

① 以上诸语皆见周济《介存斋论词杂著》。

[译文]

周保绪在《介存斋论词杂著》中说:"张炎是近人最尊崇的词人,他的才情造诣都不弱于其他词人,然而始终觉得积谷作米、把缆放船,没有挥洒自如的开阔手段。"又说:"张炎不及前人之处,是只在字句上下功夫,而不肯创新立意。""近人之所以喜爱学习张炎,也是因为修饰字句容易,变换立意困难。"

五〇

《提要》载:"《古今词话》六卷,国朝沈雄纂。雄字偶僧,吴江人。是编所述上起于唐,下迄康熙中年。"然维见明嘉靖前白口本《笺注草堂诗余》,林外《洞仙歌》①下引《古今词话》云:"此词乃近时林外题于吴江垂虹亭。"(明刻《类编草堂诗余》亦同)案:升庵《词品》云:"林外,字岂尘,有《洞仙歌》书于垂虹亭畔。作道装,不告姓名,饮醉而去。人疑为吕洞宾。传入宫中。孝宗笑曰:'"云崖洞天无锁。""锁"与"老"叶韵,则"锁"音"扫",乃闽音也。'侦问之,果闽人林外也。"(《齐东野语》所载亦略同)则《古今词话》宋时固有此书。岂雄窃此书而复益以近代事欤?又,《季沧苇书目》②载《古今词话》十卷,而沈雄所纂只六卷,益证其非一书矣。

[注释]

① 林外:字岂尘,南宋词人,著有《懒窟类稿》。《洞仙歌》:飞梁压水,虹影澄清晓。橘里渔村半烟草。今来古往,物是人非,天地里,唯有江山不老。 雨巾风帽。四海谁知我。一剑横空几番过。按玉龙、嘶未断,月冷波寒。归去也、林屋洞天无锁。认云屏烟障是吾庐,任满地苍苔,年年不扫。

② 《季沧苇书目》:季振宜撰。季振宜,字诜兮,号沧苇,清代藏书家。

[译文]

　　《提要》记载:"《古今词话》六卷,本朝沈雄编纂。沈雄,字偶僧,吴江人。这本书所辑录的上起于唐朝,下到康熙中期为止。"然而我见到过明朝嘉靖以前的白口本《笺注草堂诗余》,其中林外《洞仙歌》词下引《古今词话》说:"这首词是近来林外在吴江垂虹亭所题。"(明刻《类编草堂诗余》与此相同)案:杨升庵《词品》说:"林外,字岂尘,有《洞仙歌》词书写在垂虹亭旁。一身道家装束,不告诉别人姓名,喝得大醉离去。有人怀疑是吕洞宾下凡。消息传到皇宫中,宋孝宗笑着说:'"云崖洞天无锁","锁"与"老"押韵,那么"锁"读为"扫"音,这是福建口音的特点呀。'派人打听了解,果然是福建人林外。"(周密《齐东野语》记载与此大致相同)那么,宋朝时就已经有了《古今词话》。难道是沈雄窃取这本书后又增添了近代的事情吗?又:《季沧苇书目》记载《古今词话》十卷,而沈雄编纂的只有六卷,更加证明这不是同一本书了。

人间词话·删稿

一

昔人论诗词，有景语、情语之别。不知一切景语皆情语也。

[译文]

前人评论诗词，有所谓景语、情语的区别。他们不知道，所有的景语，实际上都是情语。

二

双声、叠韵之论，盛于六朝，唐人犹多用之。至宋以后，则渐不讲，并不知二者为何物。乾、嘉间，吾乡周公霭先生（春）著《杜诗双声叠韵谱括略》，正千余年之误，可谓有功文苑者矣。其言曰："两字同母谓之双声，两字同韵谓之叠韵。"①余按用今日各国文法通用之语表之，则两字同一子音者谓之双声。如《南史·羊元保传》之"官家恨狭，更广八分"，"官家更广"四字，皆从 k 得声。《洛阳伽蓝记》之"狞奴慢骂"，"狞奴"两字，皆从 n 得声。"慢骂"两字，皆从 m 得声也。两字同一母音者，谓之叠韵。如梁武帝"后牖有朽柳"，"后牖有"三字，双声而兼叠韵。"有朽柳"三字，其母音皆为 u。刘孝绰之"梁皇长康强"，"梁长强"三字，其母音皆为 ian 也。②

自李淑《诗苑》伪造沈约之说，以双声叠韵为诗中八病之二，③后是诗家多废而不讲，亦不复用之于词。余谓苟于词之荡漾处多用叠韵，促节处用双声，则其铿锵可诵，必有过于前人者。惜世之专讲音律者，尚未悟此也。

[注释]

① 同母：即现代汉语的声母相同，下文所说的"同一子音"也是这个意思。同韵：同一韵母，即下文"同一母音"。

② 葛立方《韵语阳秋·卷四》引陆龟蒙诗序："叠韵起自梁，武帝云'后牖有朽柳'，当时侍从之臣皆倡和。刘孝绰云'梁王长康强'，沈休文云'偏眠船弦边'，庾肩吾云'载碓每碍埭'，自后用此体作为小诗者多矣。"

③ 周春《杜诗双声叠韵谱括略》卷七引李淑《诗苑》："梁沈约云：'诗病有八：七曰旁纽，八曰正纽。'"（谓十字内两字双声为"正纽"，若不共一字而有双声为"旁纽"）。（周春）案："正纽、旁纽皆指双声而言。观神珙之图，自可悟人。"若此注所云，则旁纽即叠韵矣。非。

[译文]

双声、叠韵的说法，在六朝时非常兴盛，唐代还有很多人使用。到了宋朝以后，就逐渐没有人再提，也不知道这两个词是什么意思。乾隆、嘉庆年间，我的同乡周春先生著《杜诗双声叠韵谱括略》，纠正了一千多年来的谬误，可称得上是有功于文坛。他的书中说："两个字同母叫作'双声'，两个字同韵叫作'叠韵'。"我用现在各国语法通用的词语来表示，那么两个字子音相同叫作"双声"。如《南史·羊元保传》中的"官家恨狭，更广八分"，"官、家、更、广"四字，声母都是"g"。《洛阳伽蓝记》中的"狞奴慢骂"，"狞、奴"两字，声母都是"n"，"慢、骂"两字，声母都是"m"。两个字母音相同的，叫作"叠韵"。如梁武帝"后牖有朽柳"，双声而兼叠韵。"有、朽、柳"三字，母音都是"u"。刘孝绰的"梁皇康长强"，"梁、长、强"三字，母音都是"ian"。自从李淑《诗苑》伪造沈约的说法，把双声、叠韵当作诗中八病之二，后代的诗人就废而不讲，也不再把这种技巧用在词中。我认为如果在词感情荡漾的地方多用叠韵，紧张的地方多用双声，那么吟颂起来音韵铿锵，一定会超过前人。可惜当代专讲音律的学者，还没有明白这一点。

三

世人但知双声之不拘四声，不知叠韵亦不拘平、上、去三声。凡字之同母者，虽平仄有殊，皆叠韵也。

[译文]

世人只知道双声不拘泥于四声，不知道叠韵也不拘泥于平、上、去三声。凡是同母的字，即使平仄不一样，也都是叠韵。

四

和凝①《长命女》词："天欲晓。宫漏穿花声缭绕，窗里星光少。 冷霞寒侵帐额，残月光沈树杪。梦断锦闱空悄悄。强起愁眉小。"此词前半，不减夏英公《喜迁莺》②也。

[注释]

① 和凝：字成绩，郓州须昌（今山东平阳、汶上）人。五代时曾为宰相，善词，有"曲子相公"之称。

②《喜迁莺》，应为《喜迁莺令》，见第11页注③。

[译文]

和凝《长命女》词："天欲晓。宫漏穿花声缭绕，窗里星光少。 冷霞寒侵帐额，残月光沈树杪。梦断锦闱空悄悄。强起愁眉小。"这首词上阕的意境，不在夏英公的《喜迁莺》之下。

五

《沧浪》①、《凤兮》②二歌，已开楚辞体格。然楚辞之最工者，推屈原、宋玉③，而后此之王褒、刘向④之词不与焉。五古之最工者，实推阮嗣宗、左太冲、郭景纯⑤、陶渊明，而前此曹、刘⑥，后此陈子昂⑦、李太白不与焉。词之最工者，实推后主、正中、永叔、少游、美成，而后此南宋诸公不与焉⑧。

[注释]

①《孟子·离娄上》有《孺子歌》曰："沧浪之水清兮，可

以濯我缨。沧浪之水浊兮，可以濯我足。"

②《论语·微子》："楚狂接舆，歌而过孔子曰：'凤兮凤兮，何德之衰？往者不可谏，来者犹可追。已而已而，今之从政者殆而！'"

③宋玉：战国后期楚国人，是略晚于屈原的辞赋家。

④王褒：字子渊，蜀资中（今四川资阳）人。西汉文学家，善诗赋。刘向：本名更生，字子政，沛（今江苏沛县）人。西汉文学家，有《新序》《说苑》《列女传》等。

⑤阮嗣宗：阮籍，字嗣宗，陈留尉氏（今河南）人。魏晋时著名诗人，"竹林七贤"之一。曾官步兵校尉，故又称阮步兵。左太冲：左思，字太冲，临淄（今属山东）人，西晋著名诗人。郭景纯：郭璞，字景纯，闻喜（今属山西）人，西晋著名诗人。

⑥曹、刘：这里应代指三国时著名诗人"三曹"、"七子"，刘即刘桢。

⑦陈子昂：字伯玉，梓州射洪（今属四川）人。唐代诗人。

⑧末句原稿作："前此温、韦，后此姜、吴，皆不与焉。"

[译文]

《沧浪》《凤兮》两首歌，已经开创了楚辞体裁的先声。然而楚辞中最工致的，首推屈原、宋玉，而他们之后王褒、刘向的作品不在其中。五言古诗中最工致的，应推阮嗣宗、左太冲、郭景纯、陶渊明，而他们之前的三曹、七子，之后的陈子昂、李太白也不在其中。词作中最工致的，应推李后主、冯正中、欧阳永叔、秦少游、周美成，而他们之前的南宋诸词人的作品都算不上。

六

"岂不尔思,室是远而"。孔子讥之。故知孔门而用词,则牛峤之"甘作一生拼,尽君今日欢"等作①,必不在见删之数。

[注释]

① 见第 70 页注。

[译文]

"岂不尔思,室是远而"这样的诗句,孔子曾经给予批评。由此可知,如果孔门来选录词集,那么像牛峤"甘作一生拼,尽君今日欢"一类作品,一定不会被删。

七

"暮雨潇潇郎不归"①,当是古词,未必即白傅所作。故白诗云:"吴娘夜雨潇潇曲,自别苏州更不闻"②也。(案:此条原已删去)。

[注释]

① 白居易《长相思》:"深画眉,浅画眉,蝉鬓鬅鬙云满衣。阳台行雨回。 巫山高,巫山低,暮雨潇潇郎不归。空房独守时。"

② 白居易《寄殷协律》:"五岁优游同过日,一朝消散似浮云。琴待酒伴皆抛我,雪月花时最忆君。几度听鸡歌白日,

亦曾骑马咏红裙。吴娘暮雨潇潇曲,自别江南更不闻。"

[译文]

"暮雨潇潇郎不归"一句应当是古人所作,不一定是白居易所写。所以白诗有"吴娘夜雨潇潇曲,自别苏州更不闻"这样的句子。

八

毛西河①《词话》谓:"赵德麟令畤②作《商调鼓子词》谱西厢传奇,为杂剧之祖。"然《乐府雅词》卷首所载秦少游、晁补之③、郑彦能④(名仅)《调笑转踏》首有致语,末有放队,每调之前有口号诗,甚似曲本体例。无名氏《九张机》亦然。至董颖《道宫薄媚》⑤大曲咏西子事,凡十只曲,皆平仄通押,竟是套曲。此可与《弦索西厢》⑥同为曲家之筚路⑦。曾氏置诸《雅词》⑧卷首,所以别之于词也。颖字仲达,绍兴初人,从汪彦章⑨、徐师川⑩游,彦章为作《字说》。见《书录解题》⑪。

[注释]

① 毛西河:毛奇龄,字大可,号初晴,又因郡望称西河。浙江萧山人。清初词家,有《西河全集》附《桂枝词》六卷,其小令学"花间",兼有南朝乐府风味。

② 赵德麟:赵令畤,初字景贶,苏轼改为德麟,自号聊

复翁。涿郡（今河北蓟县）人。北宋词人，有《聊复集》《侯鲭录》。王国维《戏曲考原》："赵德麟（令畤）之商调《蝶恋花》，述《会真记》事，凡十阕，并置原文于曲前，又以一阕起，一阕结，之视后世戏曲之格律，几于具体而微。"

③晁补之：字无咎，号归来子，巨野（今属山东）人。北宋词人。

④郑彦能：郑仅，字彦能，北宋词人。

⑤董颖《道宫薄媚》：董颖，字仲达，南宋词人。《道宫薄媚》原载曾慥编《乐府雅词》，王国维《唐宋大曲考》《戏曲考原》《宋元戏曲考》均曾引用，文繁不录。

⑥《弦索西厢》：即《西厢记诸宫调》，金代董解元作，故又名《董西厢》。

⑦筚路：即筚路蓝缕。《左传》（宣十二年）："筚路蓝缕，以启山林。"是说驾着柴车，穿着破烂衣服，开辟山林。后用来比喻艰苦创业。

⑧曾氏：曾慥，字端伯，自号至游子、至游居士，南宋词人。编有《乐府雅词》。

⑨汪彦章：汪藻、字彦章，德兴（今属江西）人。南宋词人。

⑩徐师川：徐府，字师川，黄庭坚甥，南宋诗人。

⑪《书录解题》：即《直斋书录解题》，南京陈振孙撰。

[译文]

毛西河的《词话》认为：赵德麟所作《商调鼓子词》谱唱西厢记传奇，是元代杂剧鼻祖。然而曾慥《乐府雅词》卷首载有秦少游、晁补之、郑彦能的《调笑转踏》，开头有致语，结尾有放队，每一曲调之前有口号诗，很像元曲的体例。无名氏的《九张机》也是如此。到了董颖的《道宫薄媚》大曲咏唱西施的事，共十支曲子，都是平韵、仄韵通押，就已经是套曲的模样。这可以和董解元的《弦索西厢》共同看作元曲的开山。曾慥把秦少游、晁补之、郑彦能的《调笑转踏》放在《乐府雅词》的卷首，就是要把它和词相区分。董颖，字仲达，南宋绍兴初人，和汪彦章、徐师川交游，汪彦章曾为他写《字说》。见于陈振孙《直斋书录解题》。

九

宋人遇令节、朝贺、宴会、落成等事，有"致语"一种。宋子京、欧阳永叔、苏子瞻、陈后山、文宋瑞集中皆有之。《啸余谱》列之于词曲之间。其式：先"教坊致语"（四六文），次"口号"（诗），次"勾合曲"（四六文），次"勾小儿队"（四六文），次"队名"（诗二句），次"问小儿"、"小儿致语"，次"勾杂剧"（皆四六文），次"放队"（或诗或四六文）。若有女弟子队，则勾女弟子队如前①。其所歌之词曲与所演之剧，则自伶人定之。少游、补之之《调笑》乃并为之作词。元人杂剧乃以曲代之，曲中楔子、科白、上下场诗，犹是致语、口号、勾队、放队之遗也。此程明善②《啸余谱》所以列致语于词曲之间者也。

[注释]

① 参见王国维《戏曲考原》。

② 程明善：字若水，明代文学家。

[译文]

宋朝人遇到良辰佳节、朝会庆贺、宴饮聚会、建筑落成等事，会有"致语"演出。宋祁、欧阳修、苏轼、陈师道、文天祥集子中都有这种体裁。《啸余谱》把它列在词与曲之间。格式是：首先是"教坊致语"（用四六文写成），其次是"口号"（诗），再次是"勾合曲"（四六文），再次"勾小儿队"（四六文），再次"队名"（两句诗），再次"问小儿"、"小儿致语"，再次"勾杂剧"（都是四六文），再次"放队"（或用诗，或用四六文）。如果有女弟子队，就把前面的"小儿"改为"女弟子"，其他形式相同。演出唱的词曲和演出的剧目，则由艺人自己决定。秦少游、晁补之的《调笑转踏》就一并为他们作词。元代的杂剧就用曲来代替词，曲中的楔子、科白、上下场诗，就是致语、口号、勾队、放队的发展。这是程明善《啸余谱》所以要把致语放在词与曲之间的原因。

一〇

明顾梧芳刻《尊前集》二卷，自为之引。并云：明嘉禾顾梧芳编次。毛子晋刻《词苑英华》疑为梧芳所辑。朱竹垞跋称：吴下得吴宽手钞本，取顾本勘之，靡有不同，因定为宋初人编辑。《提要》两存其说。案：《古今词话》云："赵崇祚《花间集》载温飞卿《菩萨蛮》甚多，合之吕鹏《尊前集》不下二十阕。"今考顾刻所载飞卿《菩萨蛮》五首，除"咏泪"一首外，皆《花间》所有，知顾刻虽非自编，亦非复吕鹏之所编之旧矣。《提要》又云："张炎《乐府指迷》虽云唐人有《尊前》《花间》集，然《乐府指迷》真出张炎与否，盖未可定。陈直斋《书录解题》歌词类以《花间集》为首，注曰：此近世倚声填词之祖。而无《尊前集》之名。不应张炎见之而陈振孙不见。"然《书录解题》"阳春集"条下引高邮崔公度语曰："《尊前》《花间》往往谬其姓氏。"公度公祐①间人，《宋史》有传。北宋固有，则此书不过直斋未见耳。又案：黄昇《花庵词选》李白《清平乐》下注云："翰林应制。"又云："案：唐吕鹏《遏云集》载应制词四首，以后二首无清逸气韵，疑非太白所作"云云。今《尊前集》所载太白《清平乐》有五首，岂《尊前集》一名《遏云集》，而四首五首之不同，乃花庵所见之本略异欤？又，欧阳炯②《花间集序》谓："明皇朝有李太白应制《清平乐》四首。"则唐末时只有四首，岂末一首为梧芳所羼入，非吕鹏之旧欤？

[注释]

① 公祐：此为笔误。应作元祐，北宋哲宗赵煦年号，1086—1094。

② 欧阳炯：益州华阳（今四川成都）人。历仕前、后蜀，入宋后曾任翰林学士。词人。

[译文]

明代顾梧芳刻印《尊前集》两卷，自己为书作序。并且说：明代嘉禾顾梧芳编辑。毛子晋刻印《文苑英华》，也认为可能是梧芳所编辑。朱竹垞在跋语中说：我在吴下得到吴宽的手抄本，拿来和顾本校勘，没有不一样的地方，因此定《尊前集》为宋初人所编辑。《四库提要》这两种说法并存。案：《古今词话》说："赵崇祚《花间集》收录温飞卿《菩萨蛮》很多，与吕鹏《尊前集》收录的合在一起，不下二十首。"现在考订顾刻所收飞卿《菩萨蛮》五首，除去"咏泪"一首以外，都是《花间集》里所有的，就知道顾刻即使不是自己编辑，也不再是吕鹏编辑的《尊前集》的旧貌。《提要》又说："张炎《乐府指迷》虽然说唐人有《尊前集》《花间集》，然而《乐府指迷》是否真是张炎所写，还不能确定。陈振孙《直斋书录解题》'歌词类'以《花间集》为首，注释说：这是近代倚声填词的鼻祖。而没有《尊前集》的记载。不应该张炎能见到而陈振孙却见不到。"然而《书录解题》"阳春录"条下引用高邮崔公度的话说："《尊前集》《花间集》中作者姓名多有错误。"公度是北宋元祐年间人，《宋史》中有传。北宋已经有了，那么，这本书不过是陈直斋没有见到罢了。又案：黄昇《花庵词选》所收李白《清平乐》下面注释说："李翰林应制所作。"又说："案：唐朝吕鹏《遏云集》记载应制词四首，因为后面两首没有清新飘逸的气韵，怀疑不是李太白所作"等等。现在的《尊前集》所收录的太白《清平乐》有五首，难道《尊前集》又叫《遏云集》，而或四首、或五首不同，是黄昇看到的版本略有不同吗？又：欧阳炯在《花间集序》中说："唐明皇朝有李太白应制词《清平乐》四首。"那么，唐朝末年时只有四首，难道最后一首是顾梧芳加入的，已经不是吕鹏本的原样了吗？

一一

楚辞之体，非屈子所创也。《沧浪》《凤兮》之歌已与三百篇异，然至屈子而最工。五七律始于齐、梁而盛于唐。词源于唐而大成于北宋。故最工之文学，非徒善创，亦且善因。

[译文]

楚辞这种体裁，并非屈原所创立。《沧浪》《凤兮》这两首歌已经和《诗三百》不同，然而这种体裁到了屈原最为工致。五言、七言律诗起源于南朝齐、梁，到了唐朝才繁盛。词起源于唐朝，到了宋朝才成熟。所以最为工致的文学，不只要善于开创，而且要善于继承。

一二

金朗甫作《〈词选〉后序》，分词为"淫词"、"鄙词"、"游词"三种①。词之弊尽是矣。五代、北宋之词，其失也淫；辛、刘之词，其失也鄙；姜、张之词，其失也游。

[注释]

①金朗甫：金应圭，清代词人。《词选·后序》云："近世为词，厥有三蔽，义非宋玉而独赋蓬发，谏谢淳于而唯陈履舄，揣摩床笫，污秽中冓，是谓淫词，其蔽一也。猛起奋末，分言析字，诙嘲则俳优之末流，叫啸则市侩之盛气，此犹巴人振喉以和阳春，鼃蝈怒嗌以调疏越，是谓鄙词，其蔽二也。规模物类，依托歌舞，哀乐不衷其性，虑叹无与乎情，连章累篇，义不出乎花鸟，感物指事，理不外乎酬应，虽既雅而不艳，斯有句而无章，是谓游词，其蔽三也。"

[译文]

金应圭写《〈词选〉后序》，认为词有"淫词"、"鄙词"、"游词"三种。填词的弊病包罗无遗。五代、北宋的词，不足在于"淫"；辛弃疾、刘过的词，不足在于"鄙"；姜夔、张炎的词，不足在于"游"。

附录

一

蕙风①词小令似叔原,长调亦在清真、梅溪间,而沈痛过之。彊村虽富丽精工,犹逊其真挚也。天以百凶②成就一词人,果何为哉!

(赵万里录自《蕙风琴趣》评语)

[注释]

①蕙风:况周颐(1859—1926),字夔生,号蕙风,广西临桂人。清末民初词学家,与王鹏运、朱孝臧、郑文焯并称清末四大家。有《蕙风词》《蕙风词话》。

②百凶:多种不幸和患难。

[译文]

蕙风所作的词,小令好像晏几道,长调也在周邦彦、史达祖之间,但沉痛超过他们二人。朱孝臧虽然富丽精工,在真挚方面却也比蕙风稍逊。上天以多种灾难来磨炼、成就一个词人,到底是为什么呢!

二

蕙风《洞仙歌·秋日游某氏园》①,及《苏武慢·寒夜闻角》②二阕,境似清真,集中他作,不能过之。

(出处同上)

[注释]

① 况周颐《洞仙歌·秋日独游某氏园》:"一郦闲缘借。便意行散缓,消愁聊且。有花迎径曲,鸟呼林罅。秋光取次披图画。恣远眺、登临台与榭。堪萧洒。奈脉断征鸿,幽恨翻萦惹。

忍把。鬓丝影里,袖泪寒边,露草烟芜,付与杜牧狂吟,误作少年游冶。残蝉肯共伤心话。问几见,斜阳疏柳挂?谁慰藉?到重阳,插菊携萸事真假。酒更贳。更有约东篱下。怕蹉跎霜讯,梦沈人悄西风乍。"

② 况周颐《苏武慢·寒夜闻角》:"愁入云遥,寒禁霜重,红烛泪深人倦。情高转抑,思往难回,凄咽不成清变。风际断时,迢递天街,但闻更点。枉教人回首,少年丝竹,玉容歌管。

凭作出、百绪凄凉,凄凉惟有,花冷月闲庭院。珠帘绣幕,可有人听?听也可曾肠断?除却塞鸿,遮莫城乌,替人惊惯。料南枝明日,应减红香一半。"

[译文]

蕙风《洞仙歌·秋日独游某氏园》及《苏武慢·寒夜闻角》二阕,意境好似周清真,所有其他的词不能超过。

三

疆村词,余最赏其《浣溪沙》"独鸟冲波去意闲"二阕①,笔力峭拔,非他词可能过之。

(赵万里录自《丙寅日记》所记先生论学语)

[注释]

①朱祖谋《浣溪沙》(二阕):"独鸟冲波去意闲,环霞如赭水如笺。为谁无尽写江天? 并舫风弦弹月上,当窗山髻挽云还。独经行地未荒寒。"又:"翠阜红崖夹岸迎,阻风滋味暂时生。水窗官烛泪纵横。 禅悦新耽如有会,酒悲突起总无名。长川孤月向谁明?"

[译文]

朱彊村的词,我最欣赏他的《浣溪沙》"独鸟冲波去意闲"二阕,笔力峭拔,不是其他的词可以超过的。

四

蕙风《听歌》诸作,自以《满路花》①为最佳。至《题香南雅集图》诸词,殊觉泛泛,无一言道者。

(出处同上)

[注释]

①况周颐《满路花》(彊村有听歌之约,词以坚之):"虫边安枕簟,雁外梦山河。不成双泪落,为闻歌。浮生何益,尽管付消磨。见说寰中秀,曼睩修蛾。旧家风度无过。 凤城丝管,回首惜铜驼。看花余老眼,重摩挲。香尘人海,唱彻《定风波》。点鬓霜如雨,未比愁多。问天还问嫦娥。"(梅郎兰芳以《嫦娥奔月》一剧蜚声日下。)

[译文]

况周颐《听歌》的几首词，应该以《满路花》为最佳。至于《题香南雅集图》几首词，感觉非常浮泛，没有一句打动人心。

五

（皇甫松）词，黄叔旸称其《摘得新》二首，为有达观之见。余谓不若《忆江南》二阕，① 情味深长，在乐天、梦得上也。②

（录自王国维生前自辑本《唐五代二十一家词辑》）

[注释]

① 皇甫松：字子奇，自号檀栾子，睦州新安（今浙江淳安）人。晚唐词人，《花间集》称其为"皇甫先辈"。黄叔旸：黄昇，字叔旸，号玉林。南宋诗人。

《摘得新》："酌一卮，须教玉笛吹。锦筵红蜡烛，莫来迟。繁红一夜经风雨，是空枝。"又："摘得新，枝枝叶叶春。管弦兼美酒，最关人。平生都得几十度，展香茵。"

《忆江南》："兰烬落，屏上暗红蕉。闲梦江南梅熟日，夜船吹笛雨潇潇，人语驿边桥。"

又："楼上寝，残月下帘旌。梦见秣陵惆怅事，桃花柳絮满江城，双髻坐吹笙。"

② 白居易《忆江南》："江南好，风景旧曾谙。日出江花红胜火，春来江水绿如蓝。能不忆江南。""江南忆，最忆是杭州。山寺月中寻桂子，郡亭枕上看潮头。何日更重游。""江南忆，其

次忆吴宫。吴酒一杯春竹叶,吴娃双舞醉芙蓉。早晚得相逢。"

刘禹锡《忆江南》:"春去也,多谢洛城人。弱柳从风疑举袂,丛兰裛露似沾巾。独坐亦含颦。"

[译文]

皇甫松的词,黄昇称赞他的两首《摘得新》,认为有达观的态度。我认为不如两首《忆江南》,情味深长,在白居易、刘禹锡的《忆江南》之上。

六

端己词情深语秀,虽规模不及后主、正中,要在飞卿之上。观昔人颜、谢优劣论①可知矣。

(出处同上)

[注释]

① 颜、谢优劣论:《南史·颜延之传》:"延之尝问鲍照己与谢灵运优劣。照曰:'谢五言诗如初发芙蓉,自然可爱。君诗如铺金列绣,亦雕缋满眼。'延年终身病之。"又钟嵘《诗品》:"汤惠休曰:'谢诗如芙蓉出水,颜如错彩镂金。'颜终身病之。"

[译文]

韦庄的词感情深沉,语言秀美,虽然格局、规模不如李煜、冯延巳,但应该在温庭筠之上。看一看前人评论颜延之、谢灵运诗歌优劣的有关言论就明白了。

七

（毛文锡）词比牛、薛诸人，殊为不及。①叶梦得②谓："文锡词以质直为情致，殊不知流于率露。诸人评庸陋词者，必曰：此仿毛文锡之《赞成功》③而不及者。"其言是也。

（出处同上）

[注释]

①毛文锡：字平珪，高阳（今属河北）人。曾任前蜀翰林学士承旨，进文思殿大学士，拜司徒。后蜀时，和欧阳炯、韩琮、阎选、鹿虔扆以写词供奉孟昶，人称"五鬼"。牛、薛：牛峤、薛昭蕴，五代前蜀"花间派"词人。

②叶梦得：1077—1148，字少蕴，号石林居士，吴县（今江苏苏州）人。南北宋之交词人，有《石林词》《避暑录话》《石林燕语》等。

③毛文锡《赞成功》："海棠未坼，万点深红。香包缄结一重重。似含羞态，邀勒春风。蜂来蝶去，任绕芳丛。 昨夜微雨，飘洒庭中。忽闻声响井边桐。美人惊起，坐听晨钟。快教折取，戴玉珑璁。"

[译文]

毛文锡的词和牛峤、薛昭蕴等人相比，相差颇远。叶梦得说："文锡的词以质朴直接为情致，却不知道流于直率浅陋。大家评价平庸浅陋的词，一定会说：这是摹仿毛文锡《赞成功》却不如的。"这话说得对。

八

（魏承班）词①，逊于薛昭蕴、牛峤，而高于毛文锡，然皆不如王衍②。五代词以帝王为最工，岂不以无意于求工欤？

（出处同上）

[注释]

①魏承班：五代前蜀词人。官至太尉，《花间集》称"魏太尉"。

②王衍：五代前蜀后主。本名宗衍，字化源，舞阳（今属河南）人。善作艳词。

[译文]

魏承班的词不如薛昭蕴、牛峤，而高于毛文锡，但他们都不如王衍。五代词以帝王写得最好，难道是因为他们都无意于追求工致吗？

九

（顾）敻①词在牛给事、毛司徒间。《浣溪沙》"春色迷人"一阕②，亦见《阳春录》，与《河传》、《诉衷情》数阕，③当为敻最佳之作矣。

（出处同上）

[注释]

① 顾夐：唐五代词人，《花间集》称"顾太尉"。

② 顾夐《浣溪沙》："春色迷人恨正赊，可堪荡子不还家。细风轻露着梨花。　帘外有情双燕飏，槛前无力绿杨斜。小屏狂梦极天涯。"

③ 顾夐《河传》："燕飏。晴景。小窗屏暖，鸳鸯交颈。菱花掩却翠鬟欹，慵整。海棠帘外影。　绣帷香断金鸂鶒。无消息。心事空相忆。倚东风。春正浓。愁红。泪痕衣上重。"

"曲槛。春晚。碧流纹细，绿杨丝软。露花鲜，杏枝繁，莺啭。野芜平似剪。　直是人间到天上。堪游赏。醉眼疑屏障。对池塘。惜韶光。断肠。为花须尽狂。"

"棹举。舟去。波光渺渺，不知何处。岸花汀草共依依。雨微。鹇鹄相逐飞。　天涯离恨江声咽。啼猿切。此意向谁说。倚兰桡。独无聊。魂销。小炉香欲焦。"

《诉衷情》："香灭帘垂春漏永，整鸳衾。罗带重。双凤。缕黄金。窗外月光临。□沈沈。□断肠无处寻。□□负春心。"

[译文]

顾夐词在牛峤、毛文锡之间。《浣溪沙》"春色迷人"一阕，也见于《阳春录》，和《河传》、《诉衷情》几首，应当是顾夐最优秀的词作。

一〇

周密《齐东野语》称其（毛熙震）词新警而不为僻薄。余尤爱其《后庭花》①，不独意胜，即以调论，亦有隽上清越之致，视文锡蔑如^②也。

（出处同上）

[注释]

① 毛熙震：五代后蜀词人，曾官秘书监。《花间集》称"毛秘书"。《后庭花》："莺啼燕语芳菲节，瑞庭花发。昔时欢宴歌声揭，管弦清越。　自从陵谷追游歇，画梁尘颭。伤心一片如珪月，闲锁宫阙。"（选一）

② 蔑如：轻视之意。

[译文]

周密《齐东野语》说毛熙震的词清新警拔而不显得轻薄，我特别喜欢他的《后庭花》几首，不单单以立意取胜，就是从格调论，也有俊逸清新的风致，视毛文锡不在话下。

———

（阎选^①）词唯《临江仙》第二首有轩翥^②之意，余尚未足与于作者也。

（出处同上）

[注释]

① 阎选：五代后蜀词人。《花间集》称"阎处士"。《临江仙》："十二高峰天外寒，竹梢轻拂仙坛。宝衣行雨在云端，画帘深殿，香雾冷风残。　欲问楚王何处去？翠屏犹掩金鸾。猿啼明月照空滩，孤舟行客，惊梦亦艰难。"

② 轩翥：飞举。语出屈原《远游》："雌蜺便娟以增挠兮，鸾鸟轩翥而翔飞。"

[译文]

阎选的词只有《临江仙》第二首有俊逸出尘的意味，其余的还不足以和其他词人抗衡。

一二

昔沈文悫深赏（张）泌①"绿杨花扑一溪烟"②为晚唐名句。然其词如"雾浓香泛小庭花"③，较前语似更幽艳。

（出处同上）

[注释]

① 沈文悫：沈德潜，死后谥"文悫"。张泌：生平不详。《花间集》称"张舍人"，列牛峤、毛文锡之间，应为前蜀时人。沈德潜《唐诗别裁集》卷八"张佖"下谓："佖，淮南人。初官句容尉，南唐后主征为监察御史，官至中书舍人。入宋后不仕。"王国维辑有《张舍人词》一卷，认为《花间集》中张泌即是此人。当代词学界多认为二者可能非一人。

② 张泌《洞庭阻风》："空江浩荡景萧然，尽日菰蒲泊钓船。青草浪高三月渡，绿杨花扑一溪烟。情多莫举伤春目，愁极兼无买酒钱。犹有渔人数家住，不成村落夕阳边。"

③ 张泌《浣溪沙》："独立寒阶望月华，露浓香泛小庭花。绣屏愁背一灯斜。　云雨自从分散后，人间无路到仙家，但凭

魂梦访天涯。"

[译文]

以前，沈德潜非常欣赏张泌的"绿杨花扑一溪烟"，认为是晚唐名句。然而，他的词如"雾浓香泛小庭花"，比前一句好像更加幽艳。

一三

（孙光宪词）^①昔黄玉林赏其"一庭花（应作"疏"）雨湿春愁"^②，为古今佳句。余以为不若"片帆烟际闪孤光"^③，尤有境界也。

（出处同上）

[注释]

① 孙光宪：守孟文，自号葆光子，陵州贵平（今四川仁寿东北）人。五代荆南词人，《花间集》称"孙少监"。

②《浣溪沙》："揽镜无言泪欲流，凝情半日懒梳头。一庭疏雨湿春愁。　杨柳只知伤怨别，杏花应信损娇羞。泪沾魂断轸离忧。"

③《浣溪沙》："蓼岸风多橘柚香，江边一望楚天长，片帆烟际闪孤光。　目送征鸿飞杳杳，思随流水去茫茫。兰红波碧忆潇湘。"

[译文]

过去，黄昇欣赏孙光宪的"一庭疏雨湿春愁"，认为是古今佳句。我认为不如"片帆烟际闪孤光"更加有境界。

一四

先生(清真)于诗文无所不工,然尚未尽脱古人蹊径。平生著述,自以乐府为第一。词人甲乙,宋人早有定论。① 惟张叔夏病其意趣不高远。② 然北宋人如欧、苏、秦、黄,高则高矣,至精工博大,殊不逮先生。故以宋词比唐诗,则东坡似太白,欧、秦似摩诘,耆卿似乐天,方回、叔原则大历十才子之流。南宋唯一稼轩可比昌黎。而词中老杜,则非先生不可。昔人以耆卿比之少陵③,犹为未当也。

(录自《清真先生遗事·尚论三》)

[注释]

① 陈振孙《直斋书录解题》集部歌辞类《清真词》二卷《续集》一卷下云:"周美成邦彦撰,多用唐人诗语,檃栝入律,浑然天成。长调尤善铺叙,富艳精工,词人之甲乙也。"甲乙:次序。这里意为前列。

② 张炎《词源》卷下:"美成词只看他浑成处,于软媚中有气魄。采唐诗融化如自己者,乃其所长。惜乎意趣却不高远。"

③ 张端义《贵耳集》卷上:"项平斋训:'学诗当学杜诗,学词当学柳词。'杜诗、柳词皆无表德,只是实说。"

[译文]

清真先生的诗歌、散文都写得很工致,然而还没有完全摆脱古人的窠臼。平生的著述,应该以乐府为第一。在词人中位居前列,宋代学者早就有了定论,只有张炎批评他意趣不高远。

然而北宋词人如欧阳修、苏轼、秦观、黄庭坚，高远则高远，至于精工博大，还是比不上清真先生。如果以宋词来比唐诗，那么苏轼好像李白，欧阳修、秦观好像王维，柳永好像白居易，贺铸、晏几道好像大历十才子之流。南宋只有一个辛弃疾可以比韩愈。而词中的杜甫，一定是清真先生才可以。以前有人把柳永比杜甫，很有些不妥当。

一五

先生（清真）之词，陈直斋谓其多用唐人诗句檃栝①入律，浑然天成。张玉田谓其善于融化诗句，然此不过一端。不如强焕云"模写物态，曲尽其妙"②为知言也。

（出处同上）

[注释]

① 檃栝：把原有文章的内容、情节，加以剪裁或修改。
② 此语见汲古阁本《片玉词》强焕《题周美成词》。

[译文]

清真先生的词，陈振孙认为大多把唐人诗句加以剪裁或修改写入词中，浑然天成。张炎认为他善于融汇整合诗句，然而这不过是一个方面。都不如强焕说"描写事物状态，委婉细致地充分表达其中微妙之处"更为准确。

一六

　　山谷云："天下清景，不择贤愚而与之，然吾特疑端为我辈设。"①诚哉是言！抑岂独清景而已，一切境界无不为诗人设。世无诗人，即无此种境界。夫境界之呈于吾心而见于外物者，皆须臾之物。惟诗人能以此须臾之物，镌诸不朽之文字，使读者自得之。遂觉诗人之言，字字为我心中所欲言，而又非我之所能自言，此大诗人之秘妙也。境界有二：有诗人之境界，有常人之境界。诗人之境界，惟诗人能感之而能写之，故读其诗者，亦高举远慕，有遗世之意。而亦有得有不得，且得之音亦各有深浅焉。若夫悲欢离合，羁旅行役之感，常人皆能感之，而惟诗人能写之。故其入于人者至深，而行于世也尤广。先生（清真）之词，属于第二种为多。故宋时别本之多，他无与匹。②又和者三家③，注者二家④（强焕本亦有注，见毛跋）。自士大夫以至妇人女子，莫不知有清真，而种种无稽之言亦由此以起。然非入人之深，乌能如是耶？

（出处同上）

[注释]

① 此语见惠洪《冷斋夜话》卷三。

② 王国维先生《清真先生遗事·著述二》："案先生词集，

其古本则见于《景定严州续志》《花庵词选》者曰《清真诗余》。见于《词源》者曰《圈法美成词》。见于《直斋书录》者曰《清真词》，曰《曹杓注清真词》。又与方千里、杨泽民《和清真词》合刻者曰《三英集》(见毛晋《方千里〈和清真词〉跋》)。子晋所藏《清真集》，其源亦出宋本，加以溧水本，是宋时已有七本。别本之多，为古今词家所未有。"

③ 宋人和周邦彦的词有：方千里《和清真词》、杨泽民《和清真词》、陈允平《西麓继周集》。

④ 宋人注《清真词》两家：曹杓、陈元龙。曹注已逸。

[译文]

黄庭坚说："天下的美景，不管观赏的人是聪明还是愚蠢，都展示无余，然而我特别怀疑是专门为我们这些人准备的。"这话说得真有道理！难道只有美景是这样吗？所有的境界，没有不是为诗人特别准备的。世上没有诗人，就没有这样的境界。境界呈现于心中并显示在外物，时间是很短暂的。只有诗人能够把这短暂的瞬间写成不朽的文字，让读者也能体会到。就会觉得诗人的话，每一个字都是自己心中所想说而不能够说出来的，这是大诗人的秘诀妙悟呀！境界有两种：有诗人的境界，有常人的境界。诗人的境界，只有诗人能够感觉到并加以描写。所以读他诗的人，也觉得自己登高望远，有超脱凡俗的意味。然而也有感觉得到、感觉不到的区别，且感觉到的也有深有浅。像悲欢离合、羁旅行役之类的感情，平常人都能感觉到，而只有诗人能够写出来。所以这种境界进入人的意识越深入，作品在世上流行就越广。清真先生的词，大多属于第二种。所以宋代时流行版本之多，其他的词人无法相比。又有唱和者三家，注者二家（强焕的本子也有注，见于毛晋的跋语）。上起士大夫，下至平民、妇女，没有不知道清真的，然而种种没有根据的流言，也因此产生。如果不是影响至深，怎么能够如此呢？

一七

楼忠简谓先生（清真）妙解音律。① 惟王晦叔②《碧鸡漫志》谓："江南某氏者，解音律，时时度曲。周美成与有瓜葛。每得一解，即为制词。故周集中多新声。"则集中新曲，非尽自度。然顾曲名堂③，不能自已④，固非不知音者。故先生之词，文字之外，须兼味其音律。惟词中所注宫调，不出教坊十八调之外。则其音非大晟乐府之新声，而为隋、唐以来之燕乐⑤，固可知也。今其声虽亡，读其词者，犹觉拗怒⑥之中，自饶和婉。曼声促节，繁会相宣；清浊抑扬，辘轳⑦交往。两宋之间，一人而已。

（出处同上）

[注释]

① 楼忠简：楼钥，字大防，号攻媿主人，明州鄞县（今属浙江宁波）人。南宋时曾官参知政事，死后谥"忠简"，有《攻媿集》。其《清真先生文集序》谓："公性好音律，如古之妙解，顾曲名堂，不能自已。"

② 王晦叔：王灼，字晦叔，号颐堂，遂宁人。南宋学者，

有《碧鸡漫志》。

③顾曲：精通音律。

④楼钥《攻媿集·清真先生文集序》云："(周邦彦)风流自命，又性好音律，如古之妙解，顾曲名堂，不能自已。"

⑤大晟：大晟府，北宋徽宗时设立的音乐机关。燕乐：隋、唐时流行的音乐。

⑥拗怒：本意为抑制愤怒，这里指词的音韵超出于常格而劲直有力。

⑦辘轳：辘轳格，作诗用韵的一种格式。取音近可以通押的合并而用，八句中四个韵脚，头两个韵脚用一个韵，次两个韵脚用另一个韵，依次循环。

[译文]

楼忠简认为清真先生精通音律，只有王晦叔《碧鸡漫志》中说："江南有一个歌伎通晓音律，经常自己写曲。周美成和她有瓜葛。歌伎每写一曲，美成就为之填词。所以周的词集中有很多新的词调。"那么，词集中的新曲，就不全是他自己的创作。然而美成以"顾曲"命名自己的书堂，对音律非常喜爱，本来就不是不懂音律的。所以读清真先生的词，除理解文字之外，必须回味音律的妙味。只是词集中所标注的宫调，没有超出教坊十八调之外。那么，词的音律不是大晟府的新乐，而是隋、唐以来流行的燕乐，也就可以知道了。现在词乐虽然亡佚，读清真的词，还能感觉到在劲直有力之中，仍然富于和美柔婉。长声短韵，繁简合适，清浊抑扬，循环交替。在两宋词人中，只有他一人罢了！

一八

（《云谣集·杂曲子》）《天仙子》①词，特深峭隐秀，堪与飞卿、端己抗行。

（录自《观堂集林·唐写本云谣集·杂曲子跋》）

[注释]

①《云谣集·杂曲子》：在敦煌文献中发现的词集，多为无名氏所作。《天仙子》本有两首，其一："燕语啼时三月半，烟蘸柳条金线乱。五陵原上有仙娥，携歌扇，香烂漫，留住九华云一片。 犀玉满头花满面，负妾一双偷泪眼。泪珠若得似珍珠，拈不散，知河限？串向红丝应百万。"其二："燕语莺啼惊教梦，羞见鸾台双舞凤。天仙别后信难通，无人问，花满洞，休把同心千遍弄。 叵耐不知何处去？正是花开谁是主？满楼明月应三更，无人语，泪如雨，便是思君肠断处。"

[译文]

《云谣集·杂曲子》中的《天仙子》，特别深情峭拔，含蓄秀美，可以和温庭筠、韦庄的词分庭抗礼。

一九

（王）以凝词句法精壮，如和虞彦恭寄钱逊升（当作"叔"）《蓦山溪》一阕①、重午登霞楼《满庭芳》一阕②、舣舟洪江步下《浣溪沙》一阕③，绝无南宋浮艳虚薄之习。其他作亦多类是也（王幼安案：此则乃观堂所录阮元《四库未收书目·王周士词提要》，实非观堂论词之语）。

（徐调孚录自《观堂外集·跋王周士词》）

[注释]

①《蓦山溪·和虞彦恭寄钱逊叔》："平山堂上，侧盏歌南浦。醉望五州山，渺千里、银涛东注。钱郎英远，满腹贮精神。窥素壁，黑栖鸦，历历题诗处。　风裘雪帽，踏遍荆湘路。回首古扬州，沁天外、残霞一缕。德星光次，何日照长沙。《渔父曲》《竹枝词》，万古歌来暮。"

②《满庭芳·重午登霞楼》："千古黄州，雪堂奇胜，名与赤壁齐高。竹楼千字，笔势压江涛。笑问江头皓月，应曾照、千古英豪。菖蒲酒，窊尊无恙，聊共访临皋。　陶陶。谁晤对，粲花吐论，宫锦纫袍。借银涛雪浪，一洗尘劳。好在江山如画，人易老，双鬓难薅。升平代，凭高望远，当赋反离骚。"

③《浣溪沙·舣舟洪江步下》："起看船头蜀锦张，沙汀红叶舞斜阳。杖挐惊起睡鸳鸯。　木落群山凋玉□，霜和冷月浸澄江，疏篷今夜梦潇湘。"

[译文]

王以凝的词句法雄伟宏大，如《蓦山溪·和虞彦恭寄钱逊叔》一首、《满庭芳·重午登霞楼》一首、《浣溪沙·舣舟洪江步下》一首，全然没有南宋浮艳浅薄的习气。其他的词也大多和此类似。

二〇

有明一代,乐府道衰。《写情》《扣舷》①,尚有宋元遗响。仁、宣以后,兹事几绝。独文愍②(夏言)以魁硕之才,起而振之。豪壮典丽,与于湖③、剑南为近④。

(徐调孚录自《观堂外集·桂翁词跋》)

[注释]

① 明初刘基有《写情集》,高启有《扣舷词》。

② 文愍:夏言,字公谨,江西贵溪人。明世宗时位居首辅,为严嵩所害,死后谥"文愍"。以词曲擅名,有《桂州集》《近体乐府》。

③ 于湖:张孝祥,字安国,号于湖居士,乌江(今安徽和县乌江镇)人。绍兴南宋词人。著有《于湖集》。

④ 陈廷焯《白雨斋词话》云:"词至于明,而词亡矣。伯温、季迪,已失古章。降至升庵辈,句琢字炼,枝枝叶叶为之,益难语于大雅。自马浩澜、施闰仙辈出,淫词秽语,无足置喙。明末陈人中能以秾艳之笔,传凄婉之神,在明代便算高手。然视国初诸老,已难同日而语,更何论唐宋哉。"

[译文]

整个明朝,词道衰落。《写情》《扣舷》,还有宋、元词的流风余韵。仁宗、宣宗以后,优秀的词作几乎绝迹。只有夏言以他卓绝过人的才华,起而振兴词道。豪放宏大、典雅美丽,和南宋的张孝祥、陆游比较接近。

二一

欧公《蝶恋花》"面旋落花"①云云,字字沈响,殊不可及。

(陈乃乾录自王国维旧藏《六一词》眉间批语)

[注释]

①《蝶恋花》:"面旋落花风荡漾。柳重烟深,雪絮飞来往。雨后轻寒犹未放,春愁酒病成惆怅。 枕畔屏山围碧浪。翠被华灯,夜夜空相向。寂寞起来褰绣幌,月明正在梨花上。"

[译文]

欧阳修的《蝶恋花》"面旋落花"词,字字有沉响,境界的确不容易达到。

二二

《片玉词》"良夜灯光簇如豆"①一首,乃改山谷《忆帝京》词②为之者。似屯田最下之作,非美成所宜有也。

(陈乃乾录自观堂旧藏《片玉词》眉间批语)

[注释]

①周邦彦《青玉案》:"良夜灯光簇如豆。占好事,今宵有。酒罢歌阑人散后。琵琶轻放,语声低颤,灭烛来相就。玉体偎人情何厚。轻惜轻怜转唧嗾。雨散云收眉儿皱,只愁彰

露，那人知后，把我来僝僽。"

②黄庭坚《忆帝京·私情》："银烛生花如红豆。占好事，而今有。人醉曲屏深，借宝瑟轻招手。一阵白蘋风，故灭烛教相就。　花带雨冰肌香透。恨啼鸟辘轳声晓，岸柳微凉吹残酒。断肠时至今依旧。镜中消瘦。那人知后，怕夯你来僝僽。"

[译文]

周邦彦《片玉词》中《青玉案》"良夜灯光簇如豆"一首，是从黄庭坚《忆帝京》修改而成，好像柳永的最下等词，不是周邦彦所应该有的。

二三

温飞卿《菩萨蛮》："雨后却斜阳，杏花零落香。"① 少游之"雨余芳草斜阳。杏花零落（当作"乱"）燕泥香。"② 虽自此脱胎，而实有出蓝之妙。

（陈乃乾录自王国维旧藏《词辨》眉间批语）

[注释]

①《菩萨蛮》："南园满地堆轻絮，愁闻一霎清明雨。雨后却斜阳，杏花零落香。　无言匀睡脸，枕上屏山掩。时节欲黄昏，无聊独倚门。"

②《画堂春》（或刻山谷年十六作）："东风吹柳日初长，雨余芳草斜阳。杏花零乱燕泥香，睡损红妆。　宝篆烟消龙凤，画屏锁潇湘。夜寒微透薄罗裳，无限思量。"

[译文]

温飞卿《菩萨蛮》中有"雨后却斜阳,杏花零落香"这样的妙句,少游《画堂春》中的"雨余芳草斜阳,杏花零落燕泥香"一句,虽然从温词脱胎而成,却实在有青出于蓝而胜于蓝的韵味。

二四

白石尚有骨,玉田则一乞人耳。

（出处同上）

[译文]

姜夔的词尚有文人的气骨,而张炎不过是一个乞丐罢了。

二五

美成词多作态,故不是大家气象。若同叔、永叔虽不作态,而一笑百媚生[①]矣。此天才与人力之别也。

（出处同上）

[注释]

①语出白居易《长恨歌》:"回眸一笑百媚生,六宫粉黛无颜色。"

[译文]

周邦彦的词大多矫饰做作,所以不是大家的气象。像晏殊、欧阳修,毫不矫饰做作,自然浑成,让人沉醉。这就是天才和人力的区别。

二六

周介存谓白石以诗法入词,门径浅狭,如孙过庭书①,但便后人模仿。予谓近人所以崇拜玉田,亦由于此。

(出处同上)

[注释]

① 孙过庭:字虔礼,陈留(今属河南)人,唐代书法家,善草书,著《书谱》二卷。

[译文]

周济认为姜夔以写诗的方法来写词,肤浅偏狭,就好像孙过庭的草书,只不过便于后人学习摹仿。我认为近人之所以崇拜张炎,也是由于这个原因。

二七

予于词,五代喜李后主、冯正中而不喜《花间》,宋喜同叔、永叔、子瞻、少游,而不喜美成,南宋只爱稼轩一人,而最恶梦窗、玉田。介存《词辨》所选词，颇多不当人意。而其论词则多独到之语。始知天下固有具眼①人，非予一人之私见也。

（出处同上）

[注释]

① 具眼：识别事物的眼力，高明的见识。

[译文]

对于词，五代时期我喜爱李后主、冯正中而不喜爱《花间集》；北宋喜爱晏同叔、欧阳永叔、苏子瞻、秦少游，而不喜爱周美成；南宋只喜爱辛稼轩一个人，而最厌恶吴梦窗、张炎。周介存《词辨》所选的词，有很多让人不满意，然而他对词的评论却有很多独到之处。我这才知道，天下本来就有见识高明的人，不是我一个人才有这样的见解。

二八

（朱希真）①《满路花·风情》无限风情，令人玩索。

（陈鸿祥从王国维旧藏《草堂诗余》眉批录出）

[注释]

① 朱希真：朱敦儒，字希真，南宋词人。著有《樵歌》，今所见《百家词》本《樵歌》上下卷、四印斋本《樵歌》三卷，均无此词。惟周邦彦《片玉集》载有此首《满路花·风

情》,原词为:"帘烘泪雨干,酒压愁城破,冰壶防饮渴。培残火,朱消粉褪,绝胜新梳裹。不是寒宵、短日上三竿。嬾人。犹要同卧。 如今多病,寂寞章台左。黄昏风弄雪,门深锁。兰房密忧,万种思量过。也须知有我,着甚情悰。你但忘了人呵!""密忧"应作"密爱"。

[译文]

朱希真的《满路花·风情》一词风情无限,令人反复玩味探索。

二九

朱竹垞《蝶恋花·重游晋祠题壁》①。其"天涯芳草"二句南宋后即不多见,无论近人。

(罗振常录自王国维旧藏《箧中词》批语)

[注释]

① 晋祠:位于山西太原市西南悬瓮山麓。原祠为纪念晋国开国君主唐叔虞而建。唐太宗李世民于贞观二十年(646)御制晋祠铭,立碑于祠。朱彝尊《蝶恋花·重游晋祠题壁》:"十里浮岚山近远。小雨初收,最喜春沙软。又是天涯芳草遍,年年汾水看归雁。 系马青松犹在眼。胜地重来,暗记韶华变。依旧纷纷凉月满,照人独上溪桥畔。"

[译文]

朱竹垞的《蝶恋花·重游晋祠题壁》一词,其中"天涯芳草"二句南宋后即不多见,近人更难以匹敌。

三〇

　　郭茂倩《乐府诗集》"近代曲辞"中,有滕潜《凤归云》二首,皆七言绝句,此则为长短句。此犹唐人乐府见于各家文集、《乐府诗集》者多近体诗,而同调之见于《花间》《尊前》者,则多为长短句。盖诗家务尊其体,而乐家只倚其声,故不同也。《天仙子》,唐人皇甫松所作者不叠,此则有二叠;《凤归云》二首,句法与用韵各自不同,然大体相似,可见唐人词律之宽。

(周锡山录自《唐写本〈云谣集·杂曲子〉跋》)

[译文]

　　宋人郭茂倩编的《乐府诗集》的"近代曲辞"中,所收唐人滕潜的《凤归云》二首,都是七言绝句,在此则为长短句。这就犹如唐人乐府歌辞见于各家文集、《乐府诗集》的多为近体诗,而同曲调的作品在《花间集》和《尊前集》里则为长短句。究其原因想来是诗家必定遵照体制,而乐家只重其声,所以不同罢了。双调《天仙子》与《花间集》里唐人皇甫松同调作品相比后者为单调;两首《凤归云》,在句法和用韵方面皆各不相同,然而其体制相似,应为同一词体。可见唐人词律之宽。

三一

"夜阑更秉烛,相对如梦寐"之于"今宵剩把银釭照,犹恐相逢是梦中","愿言思伯,甘心首疾"之于"衣带渐宽终不悔,为伊消得人憔悴":其第一形式同;而前者温厚,后者刻露者,其第二形式异也。一切艺术,无不皆然,于是有所谓雅俗之区别起。

(周锡山录自《古雅之在美学上之位置》)

[译文]

"夜阑更秉烛,相对如梦寐"之于"今宵剩把银釭照,犹恐相逢是梦中","愿言思伯,甘心首疾"之于"衣带渐宽终不悔,为伊消得人憔悴":其第一形式没有不同,而第二形式表现各异,才有一温厚、一刻露的区别。一切艺术都是这样,于是有所谓雅俗的区别。

三二

(《云谣集·杂曲子》中)又有《天仙子》一首云:

燕语莺啼三月半,烟蘸柳条金线乱。武陵原上有仙娥,携歌扇,香烂漫,留住九华云一片。犀玉满头花满面,负妾一双偷泪眼。泪珠若得似珍珠,拈不散,知何限。串向红丝应百万。

此一首，情词宛转深刻，不让温飞卿、韦端己，当是文人之笔。

（周锡山录自《敦煌发见唐朝之通俗诗及通俗小说》）

三三

《南唐二主词》，南宋长沙书肆有刊本，以后五百年未见再刻，国初无锡侯文灿始重刻于《名家词》中。余曾将《南词》本校勘一过，并从总集中搜补十二阕，则近岁番禺沈氏刊于《晨风阁丛书》者是也。余跋其后云：

右《南词》本《南唐二主词》，与常熟毛氏所抄、无锡侯氏所刻，同出一源，犹是南宋初辑本，殆即《直斋书录解题》所著录，长沙书肆所刊行者也。《直斋》云："卷首四阕：《应天长》、《望远行》各一，《浣溪沙》二，中主所作，重光尝书之，墨迹在盱江晁氏。"今此本正同。其余诸词，半从真迹入录，且著其所藏之家。如《浪淘沙》下云："传自池州夏氏。"《采桑子》下云："二词墨迹，在王季宫判院家。"《玉楼春》下云："以后二词，传自曹功显节度家，云：'墨迹旧在京师梁门外，李王寺一老尼处，故敝难读。'"《感新恩》下云："以下六首真迹，在孟郡王家。"是全书卅七首中，其十五首出自真迹。又，其所举"王季宫判院"、"曹功显节度"、"孟郡王"，皆南宋初叶间人。"王季宫"疑"王季海"之讹,季海,王淮字也;《宋史·宰辅表》:王淮以淳熙三年七月,同知枢密院事;次年五月,除参知政事。此云"王季宫判院",则编录此书时,季海正知枢密院事也。又,"曹功显",曹勋字。《宋史》勋本传,则以绍兴二十九年拜昭信节度使。又《外戚传》:孟忠厚以绍兴七年封信安郡王。是三人皆高、孝间人。此书为孝宗淳熙中所编辑矣。

后主工书,其墨迹流传者,宋人甚珍之。故殁后百余年,后人犹得辑其词为一集,则词反因书以传矣。

(周锡山录自《二牖轩随录》)

三四

王铚《默记》载李后主之死,祸由徐铉。然铉作后主挽词二篇,乃至哀痛。其一云:"倏忽千龄尽,冥茫万事空。青松洛阳陌,荒草建康宫。道德遗文在,兴衰自古同。受恩无补报,反袂泣途穷。"其二曰:"土德承余烈,江南广旧恩。一朝人事变,千古信书存。哀挽周原道,铭旌郑国门。此身虽未死,寂寞已销魂。"字字血泪,与夫反颜若不相识者异矣。

(出处同上)

三五

汪水云《湖山类稿》中，有集句《忆王孙》词九阕，语甚凄婉，为瀛德祐事作也。

其一曰：

汉家宫阙动高秋，人自伤心水自流。今日清明独上楼。恨悠悠，白尽梨园弟子头。

其二曰：

吴王此地有楼台，风雨谁知长绿苔。半醉闲吟独自来。小徘徊，惟见江流去不回。

其三曰：

长安不见使人愁，物换星移几度秋。一自佳人坠玉楼。莫淹留，远别秦城万里游。

其四曰：

阵前金甲受降时，园客争偷御果枝。白发宫娃不解悲。理征衣，一片春帆带雨飞。

其五曰：

鹧鸪飞上越王台，烧接黄云惨不开。有客新从赵地回。转堪哀，岩畔古碑空绿苔。

其六曰：

离宫别苑草萋萋，对此如何不垂泪。满槛山川漾落晖。昔人非，惟有年年秋雁飞。

其七曰：

上阳宫里断肠时，春半如秋意转迷。独坐纱窗刺绣迟。雨沾衣，不见人归见雁归。

其八曰：

华清宫树不胜秋，云物凄凉拂曙流。七夕何人望斗牛。一登楼，水远山长步步愁。

其九曰：

武陵无树起秋风，千里黄云与断蓬。人物萧条市井空。思无穷，惟有青山似洛中。

九词均天然凑合，无集句之迹，殆可与谢任伯克家原词相颉颃。谢词云：

萋萋芳草忆王孙，柳外楼高空断魂。杜宇声声不忍闻，欲黄昏。雨打梨花深闭门。

实为徽、钦北狩而作，真千古绝调也。

（出处同上）

三六

词调最长者，为《莺啼序》，词人为之者甚少，亦不能工。汪水云《重过金陵》一阕，悲凉委婉，远在梦窗之上。因梦窗但知堆垛，羌无意故也。汪词曰：

金陵古都最好，有朱楼迢递。嗟倦客、又此凭栏高，槛外已少佳致。更落尽梨花，飞尽杨花，春也成憔悴。问青山、三国英雄，六朝奇伟？ 麦甸葵邱，荒台废垒，鹿豕衔枯荠。正潮打孤城。寂寞斜阳影里。听楼头，哀笳怨角，未把酒、愁心先醉。渐夜深，月满秦淮，烟笼寒水。 凄凄惨惨,冷冷清清,灯火渡头市。慨商女不知兴废,隔江犹唱《庭花》,余音娓娓。伤心千古,泪痕如洗。乌衣巷口青芜路,认依稀、王谢旧邻里。临春结绮,可怜红粉成灰,萧索白杨风起。因思畴昔,铁锁千寻,漫沈江底。挥羽扇,障西尘,便好角巾私第。清谈到底成何事?回首新亭,风景今如此。楚囚对泣何时已。叹人间、今古真儿戏。东风岁岁还来,吹入钟山,几重苍翠。

元王学文作《摸鱼儿》一阕"送汪水云入湘",其词曰:"记当年舞衫零乱,《淋铃》忍按新阕。杜鹃枝上东风急,点点泪痕凝血。芳信歇。念初试琵琶,曾识《关山月》。怨弦易绝。奈笑罢颦生,曲终愁在,谁解寸肠结。浮云事,又作南柯梦彻。一簪聊寄华发。乾坤桑海无穷事,不历昆明初劫。谁共说。都付于焦桐,写入梅花叠。黄花送客,休更问湘魂,独醒何在,沈醉浩歌发。"

(出处同上)

三七

先生(案:指朱祖谋)既以词雄海内,复汇刊宋、元人词集成数百种。铅椠[①]之役,恒在松江歇浦[②]间。而顾以"彊村"名是图,图中风物,亦作苕霅[③]间意,盖以志其故乡之思云尔。夫封嵎之山[④],于《山经》为浮玉,上古群神之所守,五湖四水拥抱其域，山川清美。古之词人张子同、子野、叶少蕴、姜尧章、周公谨之伦，胥⑤卜居⑥于是。千秋万岁后，其魂魄犹若可招而复也。

（周锡山录自《彊村校词图序》）

[注释]

① 铅椠：古人书写文字的工具。铅，铅粉笔；椠，木板片。语出《西京杂记》卷三："扬子云好事，常怀铅提椠，从诸计吏，访殊方绝域四方之语。"在此指写作，校勘。

② 歇浦：上海境内黄浦江的别称。也称"黄歇浦"。相传为战国时楚春申君黄歇所疏凿，故名。在诗文中常指代上海。

③ 苕霅：苕溪、霅溪二水的并称。在今浙江省湖州境内，是唐代张志和隐居之地。《新唐书·隐逸传·张志和》："愿为浮家泛宅，往来苕霅间。"

④ 封嵎之山：在吴楚之间，汪芒之国。

⑤ 胥：全，都。

⑥ 卜居：选择地方居住。

[译文]

朱祖谋既以词作雄霸海内，又汇编刊行宋、元人词集成数百种。写作刊行之事，一直在松江歇浦间进行。但却以"彊村"为这幅图命名，图中的风物，也有苕霅二水间的意味，这是用以表达其对故乡的思念。那封嵎之山，在《山海经·山经》中表现为浮玉，由上古的诸神所守护，五湖四水相围绕，山川清美。古代的词人张子同、子野、叶少蕴、姜尧章、周公谨等人，都选择在此地居住。千万年后，其魂魄仍如可召回一样。

三八

落落盘根真得地。涧畔双松，相背呈奇态。势欲拼飞终复坠，苍龙下饮东溪水。 溪上平冈千叠翠。万树亭亭，争作拏云势。总为自家生意遂，人间爱道为渠媚。

（周锡山录自《苕华词·蝶恋花》）

三九

夜永衾寒梦不成，当轩减尽半天星，带霜宫阙日初升。 客里欢娱和睡减，年来哀乐与词增，更缘何物遣孤灯？

（周锡山录自《苕华词·浣溪沙》）

四〇

窈窕燕姬年十五。惯曳长裾，不作纤纤步。众里嫣然通一顾，人间颜色如尘土。 一树亭亭花乍吐。除却"天然"，欲赠浑无语。当面吴娘夸善舞，可怜总被腰肢误。

（周锡山录自《苕华词·蝶恋花》）

四一

余之于词，虽所作尚不及百阕，然自南宋以后，除一二人外，尚未有能及余者，则平日之所自信也。虽比之五代、北宋之大词人，余愧有所不如，然此等词人亦未始无不及余之处。

（周锡山辑自《自序二》）

四二

光、宣之间为小词，得六七十阕，戊午夏日小疾无聊，录存二十四阕，题曰《履霜词》。呜呼！所以有今日之坚冰者，非一朝一夕之故矣。

（《履霜词》自跋，据周一平《王国维的号"人间"辨析》，《近代史研究》1985年第4期）

四三

病中录得旧词二十四阕，末章甚有"苕华""何草"之意。呈请指正，并加斧削之（为）幸。

（《致沈曾植》，出处同上）

四四

《人间词话》乃弟十四五年前之作,当时曾登《国粹学报》,与邓君如何约束,弟已忘却,现在翻印,邓君想未必有他言。但此书弟亦无底稿,不知其中所言如何,请将原本寄来一阅,或者所删定,再行付印,如何?

(周锡山辑自《致陈乃乾(1925年8月29日)》)

四五

《人间词甲稿》序

王君静安将刊其所为《人间词》,诒书告余曰:"知我词者莫如子,叙之亦莫如子宜。"余与君处十年矣,比年以来,君颇以词自娱。余虽不能词,然喜读词。每夜漏始下,一灯荧然,玩古人之作,未尝不与君共。君成一阕,易一字,未尝不以讯余。既而睽离,苟有所作,未尝不邮以示余也。然则余于君之词,又乌可以无言乎?

夫自南宋以后,斯道之不振久矣!元、明及国初诸老,非无警句也。然不免乎局促者,气困于雕琢也。嘉、道以后之词,非不谐美也,然无救于浅薄者,意竭于摹拟也。君之于词,于五代喜李后主、冯正中,于北宋喜永叔、子瞻、少游、美成，于南宋除稼轩、白石外，所嗜盖鲜矣。尤痛诋梦窗、玉田。谓梦窗砌字，玉田垒句。一雕琢，一敷衍。其病不同，而同归于浅薄。六百年来词之不振，实自此始。其持论如此。

及读君自所为词，则诚往复幽咽，动摇人心。快而能沈，直而能曲。不屑屑于言词之末，而名句间出，殆往往度越前人。至其言近而旨远，意决而辞婉，自永叔以后，殆未有工如君者也。君始为词时，亦不自意其至此，而卒至此者，天也，非人之所能为也。若夫观物之微，托兴之深，则又君诗词之特色。求之古代作者，罕有伦比。呜呼！不胜古人，不足以与古人并，君其知之矣。世有疑余言者乎，则何不取古人之词与君词比类而观之也？

光绪丙午三月，山阴樊志厚叙。

（《人间词·甲稿序》，录自《海宁王静安先生遗书》）

[译文]

王静安先生《人间词》将要出版，写信对我说："了解我的词的人没有人能比得上你，为词集作序也没有人比你合适。"我与先生相交十年之久，近几年来，先生热衷以填词自娱。我虽然不能够填词，然而喜爱读词。每夜灯下，玩味古人的词作，都是和先生共同度过的。先生每创作一首词，改动一个字，都会向我征询意见。后来两人分离，如果有词作，也会寄给我看。因此我对于先生的词，又怎么能够不说些什么呢？

自从南宋以后，词道不振已经很长时间了。从元、明一直到清初的一些大学者，也不是没有警句，然而总让人感到有些局促，因过于雕琢而有失气度。嘉庆、道光以后的词，不是不和谐优美，然而对于改变浅薄之风作用不大，是由于过于注重摹拟。先生对于词，五代时期喜欢李后主、冯正中，北宋时期喜欢欧阳永叔、苏子瞻、秦少游、周美成，南宋时期除了辛稼轩、姜白石以外，喜欢的就很少了。尤其严厉批评吴梦窗、张玉田。认为梦窗雕琢词藻，玉田叠加语句。一个雕琢，一个敷衍，毛病不同，但都可以归结于浅薄。六百年来词道的不能振作，实在是源于此。先生对于词的观点就是这样。

　　等到读先生的词，就感到的确是往复幽咽，震撼人心。明快而沉着，直率又兼有纡曲含蓄。不斤斤计较字词的推敲，然而名句频出，大概往往会超越前人。至于语言看似浅近却含义深远，情意决绝而词语委婉，自从欧阳永叔以后，恐怕没有像先生这样精妙的。先生开始填词的时候，也没有意识到会如此，而最终达到这样的水平，这是天意，不是人力可以做到的。至于观察事物的细微，情感寄托的深邃，那又是先生诗词的特色。古代作家很少有人能和先生相比的。哎呀！不战胜古人，就不能够和古人并肩，先生自然是知道这一点的！世人有怀疑我这些观点的吗？那么为什么不拿来古人的词和先生的类比对照呢？

四六

《人间词乙稿》序

去岁夏，王君静安集其所为词，得六十余阕，名曰《人间词甲稿》，余既叙而行之矣。今冬，复汇所作词为《乙稿》，丐余为之叙。余其敢辞？

乃称曰：文学之事，其内足以摅己，而外足以感人者，意与境二者而已。上焉者意与境浑，其次或以境胜，或以意胜。苟缺其一，不足以言文学。原夫文学之所以有意境者，以其能观也。出于观我者，意余于境；而出于观物者，境多于意。然非物无以见我，而观我之时，又自有我在。故二者常互相错综，能有所偏重，而不能有所偏废也。文学之工不工，亦视其意境之有无，与其深浅而已。自夫人不能观古人之所观，而徒学古人之所作，于是始有伪文学。学者便之，相尚以辞，相习以模拟，遂不复知意境之为何物，岂不悲哉！

苟持此以观古今人之词，则其得失，可得而言焉。温、韦之精艳，所以不如正中者，意境有深浅也。《珠玉》所以逊《六一》，《小山》所以愧《淮海》者，意境异也。美成晚出，始以辞采擅长，然终不失为北宋人之词者，有意境也。南宋词人之有意境者，唯一稼轩，然亦若不欲以意境胜。白石之词，气体雅健耳，至于意境，则去北宋人远甚。及梦窗、玉田出，并不求诸气体，而惟文字之是务，于是词之道熄矣。自元迄明，益以不振。至于国朝，而纳兰侍卫以天赋之才，崛起于方兴之族，其所为词，悲凉顽艳①，独有得于意境之深，可谓豪杰之士，奋乎百世之下者矣。同时朱、陈，既非劲敌；后世项、蒋，尤难鼎足。至乾、嘉以降，审乎体格韵律之间者愈微，而意味之溢于字句之表者愈浅。岂非拘泥于文字，而不求诸意境之失欤？抑观我观物之事自有天在，固难期诸流俗欤？余与静安均夙持此论。

　　静安之为词，真能以意境胜。夫古今人词之以意胜者，莫若欧阳公；以境胜者，莫若秦少游。至意境两浑，则惟太白、后主、正中数人足以当之。静安之词，大抵意深于欧，而境次于秦。至其合作，如《甲稿·浣溪沙》之"天末同云"、《蝶恋花》之"昨夜梦中"、《乙稿·蝶恋花》"百尺朱楼"等阕②，皆意境两忘，物我一体。高蹈乎八荒之表，而抗心乎千秋之间。骎骎③乎两汉之疆域，广于三代，贞观之政治，隆于武德矣。方之侍卫，岂徒伯仲。此固君所得于天者独深，抑岂非致力于意境之效也。至君词之体裁，亦与五代、北宋为近。然君词之所以为五代、北宋之词者，以其有意境在。若以其体裁故，而至遽指为五代、北宋，此又君之不任受。固当与梦窗、玉田之徒，专事摹拟者，同类而笑之也。

光绪三十三年十月，山阴樊志厚叙。

（《人间词·乙稿序》，出处同上）

[注释]

① 顽艳：即哀感顽艳。意指情感凄恻，使顽钝和聪慧的人同样受感动。

② 诸词见第 107 页注 ①。

③ 骎骎：骏马快跑的样子。

[译文]

去年夏天，王静安先生结集他的词，共有六十多首，题为《人间词甲稿》，我已经为之作序，该集也已刊行。今年冬天，又结集他的词题为《人间词乙稿》，请我为之作序。我怎么敢推辞呢？

我认为：文学创作，对内可以抒发自己的情感，对外可以感动读者的心灵，不过取决于意与境这两者而已。最好的是意与境交融浑成，其次是以意取胜或以境取胜。如果缺少其中一项，就不能够称为文学。考察文学之所以有意境，是因为能够观察。从观察自己出发，意就会多于境；从观察外物出发，境就会多于意。然而没有外物映照就不能见到真我，而观察自己当然就有真我在。所以这两者常常你中有我，我中有你，能够有所偏重，而不能够有所偏废。文学的优秀与否，也看是否有意境，以及意境的深浅罢了。自从作者不能够像古人那样去观我观物，而只是学习古人的形式，于是就出现了伪文学。学习写作的以此为便利，推尚文辞，以摹仿为风气，不再讲求意境，难道不让人感到悲哀吗？

如果拿这个观点来看古今作者的词，那么他们的得失就可以说得很清楚。温庭筠、韦庄的词精美艳丽，之所以不如冯延巳，是因为意境的深浅不同。晏殊《珠玉词》之所以不如欧阳修的《六一词》，晏几道《小山词》不如秦观的《淮海词》，也是因为意境不同。周邦彦后出，开始以词藻文采擅长，然而最终还属于北宋词的范畴，是因为有意境。南宋词人中有意境的，只有一个辛弃疾，然而好像也不想以意境取胜。姜夔的词，气质典雅劲健。至于说到意境，离北宋人差得很远。到了吴文英、张炎出现，都不在词气体格上着力，而只肯在文字上下功夫，于是词道就衰落了。从元朝到明朝，越来越不振作。到了清朝，纳兰性德凭借上天赋予的才华，在正在兴盛的民族中崛起。他所写的词，悲凉而美艳，在意境深邃方面尤其难得，可以称得上是豪杰之士，在百代以后奋起。同时期的朱彝尊、陈维崧，已经不是他的劲敌；后代的项鸿祚、蒋春霖更无法和他鼎足抗衡。到了乾隆、嘉庆以后，在词的体格韵律方面要求更加细微，而语句所表现的意韵却越来越浅。这难道不是拘泥于字句，而不追求词的意境的过失吗？还是观我观物自有天意，本来就难于期求那些流俗之人呢？我和静安，素来都持这种观点。

静安填词，真正能够以意境取胜。从古到今，词人以意取胜，没有如欧阳永叔的；以境取胜，没有如秦少游的；至于意、境二者兼备浑成，则只有李太白、李后主、冯正中几个人当之无愧。静安的词，大约意比欧深，境比秦差。至于二者兼有的作品，如《甲稿·浣溪沙》"天末同云"、《蝶恋花》"昨夜梦中"、《乙稿·蝶恋花》"百尺朱楼"等首，都是意境浑成，物我同一，高举于天地之间，抗心于千秋词坛的佳作。就好像两汉的疆域远远超出尧、舜、禹三代，唐太宗贞观之治高出太祖的武德之治呀！和纳兰侍卫相比，岂止是伯仲之间。这固然是先生词学天分高于常人，又难道不是致力于追求意境的效果吗？至于先生词的体裁，也和五代、北宋比较接近。然而先生的词之所以成为五代、北宋词的原因，是因为他的词中有意境存在。如果因为体裁的缘故，而把他的词匆忙划归五代、北宋，这又是先生不愿意接受的。应当是和吴文英、张炎之流专事摹拟的人同类，是要被人耻笑的。

学而书馆

出 版 人：史宝明
出 品 人：许　永
责任编辑：周亚灵
特邀编辑：雷　彬
封面设计：李双鑫
印制总监：蒋　波
发行总监：田峰峥

投稿信箱：cmsdbj@163.com
发　　行：北京创美汇品图书有限公司
发行热线：010-59799930